나는 염알이꾼입니다

어제 그리고 오늘 십대와의 문학소통, '사거리의 거북이'

나는 염알이꾼입니다

안선모 장편소설

차례

모린이 왔다	… 6
징표	… 15
향화인 부락	… 24
처음 가진 꿈	… 33
꿍꿍이	… 42
분풀이	… 51
징집	… 60
만 가지 사연	… 68
압록강을 건너다	… 77
장군의 고뇌	… 81
전투	… 89
사라진 토끼	… 97
포로	… 105
다시 만난 모린	… 113
염알이꾼	… 123
조선으로 가는 길	… 131
작가의 말	… 138

모린이 왔다

땅이 미세하게 흔들렸다. 아득히 먼 곳에서 뿌연 흙먼지가 피어올랐다.

"말발굽 소리를 들어 보니 일이 잘 풀린 것 같구나."

할아범이 동헌 밖 들판을 바라보며 말했다.

"에이, 말발굽 소리만 듣고 일이 잘 풀린 걸 어떻게 알아요?"

옆에 서 있던 막새가 말했다.

"이놈아, 내가 수노 노릇 수십 년 했던 거 다 잊었더냐?"

할아범이 툭하면 하는 말이다. 막새는 그다음에 나올 말이 무엇인지 다 안다. 하도 많이 들어서 다 외울 지경이다.

"수노 노릇 삼 년이면 현감縣監 조선 시대에, 지방 행정 구역의 하나인 현의 수령 하품 소리만 들어도 기분이 좋은지 나쁜지 다 알고, 수노 노릇 십

년이면 현감 헛기침 소리만 들어도 무슨 얘기 하려는지 짐작이 가고, 수노 노릇 이십 년이면 현감 방귀 소리만 들어도……."

막새가 막 신나서 읊조리는데 할아범이 막새의 머리 꼬랑지를 홱 잡아당겼다.

"떼끼, 요 녀석! 어른을 놀리고 있어?"

"아얏! 머리 꼬랑지 잡아당기지 마요! 그거 내가 제일 싫어하는 거 다 알면서!"

막새는 할아범과 이렇게 날마다 실랑이를 벌였다.

"내가 소리만 듣고 그러는 줄 아냐? 저 흙먼지 좀 보아라. 흙먼지가 하늘 끝에 닿은 걸 보면 말을 다 구해 왔다는 징표란 말이다. 흠흠."

할아범은 허리를 곧추세우며 헛기침을 했다. 자부심이 묻어나는 목소리다. 지금까지 할아범의 말이 틀린 적은 거의 없다.

쿨럭. 할아범이 기침을 했다. 막새가 불안한 얼굴로 할아범의 얼굴을 쳐다봤다. 눈이 푹 꺼졌고 눈 밑 시꺼먼 그림자는 어제보다 조금 더 커졌다.

할아범은 오랫동안 관아 노비들의 우두머리인 수노였다. 관아의 자잘한 일은 모두 수노의 손을 거쳐야 했고 할아범은 관아 살림살이를 속속들이 꿰고 있었다. 그렇게 짱짱했던 할아범도 나이 들고 병드니 뒷방으로 물러났다.

막새는 눈을 게슴츠레 뜨고 멀리 들판을 바라보았다. 들판 끝에 흐릿했던 점이 점점 커졌다.
'모린 누나가 온다!'
심장이 밖으로 튀어나올 듯 두방망이질 쳤다. 막새는 가슴을 꾹꾹 눌렀다. 그 모습을 본 할아범이 놀리듯 말했다.
"흠흠, 기다리던 사람이 오니까 심장이 날뛰는 게지."
막새는 속마음을 들킨 것 같아 얼굴이 후끈 달아올랐다.
"에이, 제가 누굴 기다린다는 거예요? 잘 알지도 못하면서!"
막새는 애꿎은 짚신 코를 땅바닥에 쿡쿡 찔렀다. 먼지가 풀풀 날렸다. 오랜 가뭄으로 땅에는 물기 한 점 남아 있지 않았다.
"쿨룩쿨룩. 이놈아, 내가 틀린 말 했냐? 기다리는 게 무슨 잘못이더냐? 그게 사람 마음이고 정이지."
할아범이 다시 기침을 했다. 막새는 그런 할아범을 보자 설렘으로 요동쳤던 가슴에 불안감이 가득 찼다. 처음 관아에 왔던 그 시절이 아슴아슴 떠올랐다.
부모를 모두 잃고 수노 할아범 손에 이끌려 관아에 온 것은 다섯 살 때였다. 수노 할아범은 아이를 부엌으로 들여보냈고 아이는 그곳에서 보리밥 한 덩이를 받았다. 어두운 부엌에 쭈그리고 앉아 게 눈 감추듯 보리밥을 해치운 아이를 보고 사람들이 한마디씩 했다.

"며칠을 굶었는지 뱃가죽이 등에 붙었네그려."

"아무것도 기억을 못 한다지? 아비의 이름도, 어미의 이름도, 심지어 제 이름도."

"부모의 죽음 때문에 충격 받은 게지."

"아무튼 전쟁이 웬수여. 전쟁 때문에 죽고, 전쟁이 끝났어도 먹고살기 힘들어 또 죽고."

아이가 밥을 다 먹고 나자 보리밥 한 덩이를 건네주었던 언년이라 불리는 여종이 빗자루를 내밀었다.

"여기서는 누구도 밥을 거저 먹을 수는 없어. 어서 빗자루 받아."

아이가 제 몸과 비슷한 크기의 빗자루를 들고 주춤주춤 마당으로 나가자, 지나가던 수노 할아범이 툭 한마디 던졌다.

"이제부터 네 이름은 막새다, 막새!"

그때 마당을 얼쩡거리던 남자아이가 다가와 물었다. 아이보다 키가 한 뼘은 컸다.

"그 처마 끝에 놓는 기와, 막새 말하는 거죠?"

"그래, 그 처마 끝 기왓장 맞다."

"그런데 왜 막새라고 지었어요?"

"지붕 위에 아무리 많은 기와가 있다고 해도 막새가 없으면 안 되는 것처럼 그런 사람이 되라는 의미지."

"쳇, 정말 그런 뜻으로 지은 것 맞아요? 노비 이름은 그냥 눈에 띄는 대로 아무렇게나 짓잖아요. 지붕 위 막새가 눈에 띄어서 그렇게 지었으면서."

남자아이는 하고 싶은 말을 거르지 않고 쏟아 냈다. 수노 할아범이 한숨을 푹 내쉬었다.

"곧이곧대로 믿으면 될 일을 꼭 그렇게 따지려 드는구나. 아무튼 명수야, 네가 두 살 많은 형이니 잘 보살펴 주려무나. 모르는 거 있으면 친절하게 가르쳐 주고."

막새는 명수라는 이름을 가진 남자아이를 빤히 쳐다보았다. 위로 쭉 찢어진 가느다란 두 눈이 유난히 반짝거렸다. 예사롭지 않은 눈매였다. 그날 이후로 이름을 두고 이러쿵저러쿵 참견을 해 대던 명수도 그렇고 관아의 어느 누구도 막새에게 관심을 보이지 않았다. 그런 중에 막새에게 다정하게 말을 걸어 준 사람이 있었는데 바로 모린이었다.

모린이 다가와 작은 목소리로 말했다.

"내 이름은 모린이야."

"모린?"

막새가 두 눈을 크게 떴다. 이름을 듣는 순간 부드러운 바람이 스쳐 지나가는 듯 따스했다.

"여진 말로 말이란 뜻이야. 입에서 나오는 말이 아니고 따그닥 따그닥 말."

그러면서 모린은 말 위에 올라타 달리는 모습을 흉내 냈다. 그 모습에 막새가 풋, 하고 웃음을 터트렸다.

"너, 웃는 거 처음 본다. 웃는 얼굴이 참 에쁘다."

예쁘다는 말에 막새의 얼굴이 빨개졌다. 예쁘다는 말은 태어나 처음 들어 본 말이었다.

"예쁘다는 말이 이상하지? 난 아직도 조선말이 서툴러."

그러면서 모린은 여진족에 대해 이야기해 주었다. 여진족은 어렸을 때부터 말과 함께 생활하고 말을 사랑하는 민족이라고 했다.

"여진족은 사납고 거칠다고 들었어. 싸움도 잘하고."

막새의 말에 모린이 웃으며 말했다.

"너, 내가 무술 익히는 것 보았구나."

막새가 고개를 끄덕였다. 모린은 틈만 나면 나무 막대기를 들고 무술을 익혔다.

"조선이든 여진이든 명나라든 사람의 근본은 비슷해. 사는 게 힘들면 사납고 거칠어지지. 내가 무술을 익히는 이유는 나와 아버지를 지키기 위해서야."

모린의 아버지 무두리는 모린과 똑같이 온순하고 다정한 사람이었다. 모린과 무두리는 관아에 소속된 노비였지만 현감의 명으로 국경 교역소交易所 주로 나라와 나라 사이에서 물건을 사고팔던 곳에서 살다시피 했다. 모린을 자주 못 보는 것이 막새는 늘 섭섭하고 안타까웠다.

"모린과 무두리 아저씨는 조선으로 귀화를 했어. 귀화하면 천민이 되는데 왜 그랬는지 모르겠어."

명수는 모린과 무두리를 향해 고개를 설레설레 저었다.

"노비가 되면 밥을 굶지는 않잖아."

막새의 말에 명수가 한심한 얼굴로 말했다.

"밥, 밥, 밥! 이런 밥돌이 녀석! 밥이면 다냐? 난 노비로 인생을 끝내고 싶지는 않다고!"

명수가 울분에 가득 찬 목소리로 말했다. 명수가 왜 그러는지 막새는 사람들이 수군거리며 하는 이야기를 듣고 알게 되었다. 명수의 아버지는 잘나가는 지방 양반이었지만, 어머니가 노비였기 때문에 명수도 자연스레 노비가 되었다는 것이다.

'그래서 형은 성이 있었구나.'

막새는 여러 가지 이유로 명수가 부러웠다.

'명수 형은 어머니, 아버지와 함께 살 수 없어도 적어도 그 두 분과 같은 하늘 아래 살고 있지 않는가. 아버지에게 성도 받지 않았는가.'

막새는 피를 토하고 쓰러진 아버지와 그 옆에서 굶주림으로 죽어 가던 어머니 얼굴이 전혀 생각나지 않았다. 그런 생각을 할 때면 왠지 가슴이 아렸다. 모린은 그런 막새를 늘 도닥여 주었다.

"우리는 피 한 방울 섞이지 않았지만 가족이나 마찬가지야."

모린은 친누나처럼 막새를 보살펴 주었다. 그래서 그런지 모린이 가까이 있으면 힘든 일도 힘들게 느껴지지 않았다. 모린과 무두리가 교역소로 떠나면 막새는 그날부터 두 사람이 돌아올 날을 손꼽아 기다렸다.

막새가 옛 생각에 잠겨 있는 사이 점점 커지던 점은 순식간에 코앞으로 다가와 멈췄다. 긴 머리를 휘날리며 무두리가 말에서 내렸다. 무두리의 말 뒤로 명수와 모린의 말이 차례로 멈췄다. 막새는 세 사람 뒤에 있는 말들을 확인했다.

"하나, 둘, 셋, 넷, 다섯! 휴우!"

안도의 한숨을 내쉬었다. 말 등에는 크고 작은 꾸러미가 대롱대롱 매달려 있었다. 꾸러미 안에 든 인삼 냄새와 갖가지 약초 냄새가 스멀스멀 흘러나왔다. 기분 좋은 냄새였다.

"명수 형!"

막새가 달려가자 명수가 피식 웃으며 고삐를 넘겨 주었다.

"막새야, 봤지? 이 형이 말 다섯 필 구해 온 거. 이 근방에서 이 일을 해낼 사람은 나밖에 없다고!"

명수의 거들먹거리는 말투에 둘러선 노비들이 수군거렸다.
"저놈은 꼭 저렇게 공을 까먹는 말을 한다니까!"
"쟤가 아무리 여진 말을 잘한다고 해도 혼자서는 힘든 일이지. 무두리와 모린이 도와주었으니 가능했던 게지."
"그래도 명수 저놈 대단한 놈이야. 여진족 소굴에 가서 말을 구해 오다니!"
수군거림을 의식했는지 명수가 무두리와 모린을 가리키며 말했다.
"무두리 아저씨와 모린이 애써 주었어요."
둘러선 아전衙前 조선 시대에, 중앙과 지방의 관아에 속한 벼슬아치 밑에서 일을 보던 사람들과 노비들이 무두리와 모린에게 일제히 고개를 숙였다. 만약 말들을 제대로 구해 오지 않았다면 현감에게 모진 시달림을 받을 것이다. 현감은 자신이 이곳 변방에 오게 된 게 마치 노비들 탓인 양 트집을 잡았고 이틀이 멀다 하고 매질을 해 댔다.
사람들의 인사에 무두리와 모린도 마주 인사를 했다. 모린이 막새를 발견하고는 눈을 찡긋했다. 그동안 잘 있었느냐, 나는 잘 다녀왔다 그런 뜻이었다.

징표

 명수가 신이 나서 교역소에 갔던 이야기를 늘어놓았다.
 "여진족들이 처음에는 좋은 말을 내놓지 않으려고 하더라고요. 무두리 아저씨가 여진족들을 설득했어요."
 명수의 말에 무두리가 쑥스러운 듯 고개를 숙였다.
 "와, 무두리 아저씨도 멋지고 명수 형도 멋지다!"
 막새가 존경의 눈빛을 보내자 명수가 두 어깨를 쓰윽 추켜올렸다.
 "뭐 이쯤이야 누워서 식은 죽 먹기지. 무두리 아저씨가 설득을 하자 여진족 몇몇이 고개를 끄덕였어. 하지만 나머지 몇몇은 고개를 갸우뚱하더라고. 그래서 내가 다시 말했지."
 "여진 말로? 뭐라고 했는데?"

막새의 놀란 두 눈을 보며 명수가 거만하게 대답했다.

"말을 순순히 내놓지 않으면 현감이 가만두지 않을 거라고. 군사를 몰고 와 쑥대밭을 만들 거라고."

"에이, 그건 협박이잖아."

막새의 말에 명수가 어깨를 으쓱하더니 말했다.

"협박이 아니라 사실을 말한 거야. 현감이 안 그럴 것 같아? 여진족들이 처음엔 나를 어린애 취급하며 우습게 보더니 내가 그렇게 말하자 벌벌 떨던걸?"

그때 말을 마구간에 묶어 놓고 온 모린이 막새에게 달려와 두 귀를 막았다.

"어린애한테 무슨 쓸데없는 말을 하는 거야?"

'어린애라고? 열네 살이나 된 어린애도 있나?'

막새는 왠지 모르게 속상했다.

"모두들 수고했으니 오늘은 푹 쉬도록 하세."

할아범의 목소리가 관아 마당에 울려 퍼졌다. 한창 일할 때로 돌아간 듯 목소리가 활기찼다. 오래전에 수노 자리에서 물러났지만 할아범의 말에 누구도 이의를 제기하지 않았다. 지금 수노 자리를 맡고 있는 무탈 아저씨도 고개를 끄덕였다. 관아에 남아 있던 아전들의 얼굴에도 엷은 미소가 떠올랐다. 현감이 없으니 아전들도 편하기는 노비와 마찬가지였다.

"와!"

노비들 사이에서 짧은 환호성이 나왔다.

"현감이 자리에 없으니 공기도 맛있구먼."

"우리가 이렇게 즐거워하는 걸 현감이 알았다가는 우리를 가만두지 않을 텐데."

누군가의 말에 사위가 조용해졌다. 그때 명수가 현감을 흉내 냈다.

"네놈들이 그렇게 즐거워하는 꼴을 내가 그냥 보고 있을 줄 알았더냐! 너희들 입을 모두 찢어 놓을 테다! 다시는 웃지 못하도록!"

눈을 희번덕거리며 현감의 흉내를 내는 명수를 보고 모두들 배를 잡고 웃어 댔다. 모린도 한마디 거들었다.

"제 성질에 못 이겨 관아 노비들을 잡도리_{아주 요란스럽게 닦달하거나 족치는 일}하는 것도 모자라 향화인 부락 사람들도 모두 잡아다 족칠 걸! 그게 현감이 가장 잘하는 일이잖아."

"설마 그렇게까지 하려고."

막새의 말에 명수가 대뜸 물었다.

"현감이 무슨 일로 화를 내는지 알아?"

막새가 고개를 저었다. 현감이 무슨 일로 화를 내는지 그 속을 막새가 알 도리는 없었다. 하지만 화가 났다 하면 노비들이 죽어난다는 것쯤은 알고 있다. 누군가 죽어 나가도 현감은 눈 하나 깜짝 하지 않았다. 현감에게 노비는 생명이 있는 사람이 아니라 그냥 하찮은 물건일 뿐이었다.

그런 현감이 한양으로 떠나면서 명수와 무두리를 불러 명령했다.

"좋은 품종의 말을 다섯 필 구해 오너라."

그러면서 현감은 말 두 필까지 내주었다. 명수는 무두리와 함께 그 말을 타고 교역소가 있는 국경까지 달려갔다. 그때 모린은 교역소에서 일하고 있었다. 무두리는 딸을 만나러 가게 되어 싱글벙글 웃음이 떠나지 않았다. 좋은 말들을 구하려면 여진족과 상대해야 했다. 여진족들은 주로 곡식을 원했다. 현감은 말들과 바꿀 곡식을 창고에서 내주었다. 동헌 창고에 있는 곡식을 사사로이 말들과 바꾸는 일은 나라에게 엄격히 금하고 있지만 현감은 아랑곳하지 않았다.

노비들과 아전들 사이에 소문이 돌았다. 소문은 아지랑이처럼 피어올라 안개처럼 번져 나갔다.

"그동안 한양으로 가기 위해 뇌물을 엄청 갖다 바치더니."

"이번에 구해 오라고 한 말 다섯 필도 아마 한양 높은 분에게 보낼 거야."

사람들이 수군덕거려도 막새는 별로 관심이 없었다.

'나랑 무슨 상관이야? 양반들은 양반들대로 그렇게 사는 거고, 노비인 우리들은 또 이렇게 하루하루 사는 거지.'
　그렇게 생각하니 마음이 편했다.
　저 멀리서 두꺼비가 다리를 절뚝이며 다가왔다. 명수와 동갑인 두꺼비는 말을 보살피고 현감이 나들이할 때 양산을 씌우고 따라다니는 일을 했다.
　"이 일은 아무나 못해. 현감의 비위를 잘 맞춰야 하는 게 얼마나 어려운 일인지 알잖아."
　이렇게 말하며 어깨에 힘주고 다니던 두꺼비는 보름 전쯤 현감에게 호되게 곤장을 맞았다. 말 한 마리가 병이 들었다는 이유였다.
　'나도 언젠가 저렇게 곤장을 맞겠지? 현감이 트집을 잡으면 누구도 빠져나갈 수가 없어.'
　막새는 엉덩이와 넓적다리의 살이 떨어져 나가는 두꺼비의 모습을 보면서 심한 공포감을 느꼈다. 두꺼비가 사지를 축 늘어뜨리며 기절하자 현감이 화를 버럭 냈다.
　"뭐하는 게냐? 얼른 물을 끼얹어라. 아직 매가 남았단 말이다."
　오랫동안 가장 가까이에서 자신의 손발이 되어 지극정성 수발하던 노비가 피를 흘리며 기절했는데도 현감은 눈도 꿈쩍하지 않았다.

그때 이후로 두꺼비는 아직도 회복이 덜 되어 절뚝거렸다. 두꺼비가 하던 일은 다른 노비인 부뚜에게 넘어갔다.

'두꺼비 형이 얼마나 말을 극진하게 보살피는데. 말이 병든 게 두꺼비 형 탓인가?'

말이 병들었으면 잘 보살피고 치료하면 될 일이다. 그런데 현감은 마의를 불러오기는커녕 두꺼비에게 모든 잘못을 뒤집어씌웠다. 심술궂은 현감의 얼굴이 떠올랐다. 막새는 얼른 고개를 흔들어 현감의 얼굴을 쫓아냈다.

힘겹게 걸어온 두꺼비가 명수에게 다가갔다. 둘은 나이도 같고 성격도 비슷해서 투닥투닥 싸운 적이 꽤 많았다.

"명수야, 현감을 조심해."

"뭘?"

명수가 못마땅한 얼굴로 짧게 되물었다.

"현감을 절대 믿지 말라는 소리야."

두꺼비의 말에 명수가 낮은 소리로 으르렁거렸다.

"얼뱅이 같은 놈. 내가 너 같은 줄 알아? 쯧쯧. 못 들은 걸로 할 테니 나한테 고마워하기나 해."

"뭐라고?"

"내가 현감에게 일러바치면 너 어떻게 되는 줄 알지?"

명수가 싸늘하게 말하고는 획 돌아서 가 버렸다. 두꺼비가 털퍼덕 소리 나게 주저앉았다. 막새가 조심스레 다가가 두꺼비에게 손을 내밀자, 두꺼비가 힘겹게 몸을 일으켰다.
"형, 마음 상했어? 명수 형이 원래 좀 말을 막 하잖아."
"알아. 그런데……."
두꺼비가 한참 생각에 잠기더니 막새의 손을 잡았다.
"난 너도 걱정돼."
"내가 왜?"
"너는… 명수처럼 되고 싶어 하잖아."
"그, 그렇긴 하지. 근데 그게 어때서?"
"가깝게 지내면 좋지 않을 것 같아."
막새가 고개를 갸우뚱하자, 두꺼비가 한숨을 푹 내쉬었다.
"아무튼 나는 경고했어. 조심해."
두꺼비는 힘겹게 일어서서 마구간 쪽을 향해 절뚝절뚝 걸어갔다.
'언제나 당당했던 두꺼비 형이 저렇게 될 줄이야.'
막새는 두꺼비 모습이 보이지 않을 때까지 그 자리에 한참 서 있었다. 그러느라 모린이 다가오는 것도 몰랐다.
"두꺼비가 마음에 걸리는 모양이구나. 우리 막새 착하기도 해라."

"한솥밥을 먹고 자란 형이잖아요. 그러니까 마음이 쓰이는 게 당연하죠."

"막새는 마음이 너무 여려. 명수처럼 강해야 살아남을 텐데 말이지."

"명수 형하고 비교하지 말아요. 난 나니까."

그 말에 모린이 귀엽다는 듯 빙글빙글 웃었다.

'뭐야? 세 살 어리다고 어린애 취급하는 거야?'

막새는 속으로는 투덜댔지만 자꾸 가슴이 쿵덕거렸다. 그러다 제 키가 모린의 어깨에 닿을 정도밖에 안 되는 게 속상했다.

모린이 주머니를 뒤지더니 뭔가를 꺼내 막새의 손에 쥐여 주었다. 막새의 가슴이 널뛰기하듯 또다시 쿵덕거렸다.

"교역소에는 신기한 물건들이 꽤 많지만 이게 너에게 어울리는 것 같아서 사 왔어."

모린이 막새의 손에 쥐여 준 건 나무를 깎아 만든 작은 말 두 마리였다.

"교역소에서 만난 네 또래 여진족 아이가 깎아 만든 말이야. 그 애는 이걸 팔아서 먹고사나 보더라. 작고 가냘프지만 강인해 보였어. 그 아이를 보는데 네가 생각나더라."

막새는 그 나무 말을 자세히 살펴보았다. 거친 솜씨지만 말의 특징이 섬세하게 나타나 있었다. 몸집이 큰 말은 수말이 틀림없었다. 갈기가 있었고 다리의 근육이 튼실해 보였다. 암말은 약간 자그마했고 털 색깔이 연했다.

"이건 미래의 막새."

모린이 수말을 가리키며 말했다. 순간 막새의 얼굴이 새빨개졌다.

모린이 암말을 가리키며 물었다.

"그렇다면 이건 누구일까?"

막새가 우물쭈물 대답을 하지 못하자 모린이 깔깔 웃으며 말했다.

"요 작고 어여쁜 말을 잘 간직해 줄 거지?"

막새가 미처 대답하기 전에 모린이 수말을 들더니 휙 가 버렸다. 순식간에 일어난 일이라 막새는 얼떨떨했지만, 기분이 날아갈 듯 좋았다. 막새는 모린이 준 징표를 품속에 소중히 넣었다.

향화인 부락

"막새, 너도 같이 가자. 너, 향화인 부락이 어떤 곳인지 늘 궁금해했잖아."

"진짜 가도 돼?"

"계획했던 일이 잘되어 가고 있어서 인심 쓰는 거야."

명수가 빙그레 웃었다. 명수가 웃는 걸 본 적이 별로 없어서 막새는 명수를 신기하게 바라보았다.

"야호!"

막새는 원을 그리며 강중강중 뛰어다녔다.

이것저것 할 일을 다 하고 어스름한 저녁이 되자 막새는 길을 떠날 수 있었다. 들판을 가로질러 숲을 거쳐 향화인 부락으로 가는 길은 생각보다 멀었다. 하지만 하나도 힘들지 않았다. 모린이 있고 무두리가 있고 명수가 있기 때문이었다. 문득 막새는 뭔가 생각났다는 듯이 명수에게 물었다.

"향화인이 무슨 뜻이야?"

명수가 설명해 줬다.

"향화인 부락에는 임진년에 일어난 전쟁 때 조선에 싸우러 들어왔다가 남은 왜인도 살고, 명나라 군대를 따라왔다가 잔류병이 된 명군도 살고 있지. 자발적으로 귀화한 사람들이라고 해서 향화인이라고 해."

"그 사람들은 왜 자기 나라로 돌아가지 않았지? 가족이 기다릴 텐데."

"그거야 뭐 나도 모르지만 각자 사정이 있었겠지. 기나긴 전쟁에 지쳐 돌아갈 힘이 남아 있지 않았을 수도 있고. 또 이곳에서 조선 여인을 만나 함께 살게 됐을 수도 있고."

명수의 대답에 막새가 다시 물었다.

"그런데 지난번에 형이 그랬잖아. 조선에 귀화하면 모두 천민이 되어야 한다고."

막새와 명수가 주고받는 말을 듣고 있던 무두리가 처음으로 입을 열었다.

"맞아. 천민이 되어야 해. 그래도 어쩔 수 없었어. 그때 우리는 돌아갈 나라가 없었으니까."

모린과 무두리는 조선말을 제법 하는 데다 여진족의 상황도 잘 알아서 관아의 일을 도우며 살아가고 있기에 조선에 남은 여진족들의 사정을 잘 알고 있었다.

"조선에 남은 여진족들은 아직 조선에 복속되지 않은 여진족들에 대한 첩보 활동도 하고 있어. 때로는 조선군이 여진족을 토벌하러 갈 때 따라나서기도 하지."

무두리의 말에 막새가 믿을 수 없다는 듯 눈을 크게 뜨고 물었다.

"자기 민족을 치러 가는데 따라간다고요?"

무두리는 아무 대답도 하지 않았다. 그러자 무두리 대신 모린이 대답했다.

"조선에서 살려면 어쩔 수 없는 선택이야."

그러면서 모린은 분위기를 바꾸려는 듯 밝게 말했다.

"향화인 부락은 그렇게 여러 민족이 모여 살고 있는 곳이야. 민족은 다르지만 어렵고 힘들 때 서로 도와 가며 잘 살아가고 있어."

모린의 밝은 목소리와는 반대로 무두리가 낮은 목소리로 말했다.

"나는 향화인 부락을 지키기 위해 조선 관아의 일을 도와주고 밀무역密貿易 법을 어기고 몰래 하는 무역도 하는 거야. 현감의 눈에 나면 향화인 부락 사람들이 살기가 어려워지니까."

막새는 무두리의 얼굴을 한 번 쳐다보고 속으로 생각했다.

'무두리 아저씨가 현감의 말에 따르는 건 부락 사람들의 안전을 위해서구나.'

그렇게 생각하니 무두리가 참 대단해 보였다. 의리를 지키는 일은 결코 쉬운 일이 아니라고 할아범은 늘 말했다.

드디어 향화인 부락에 도착했다.

"어서 오십시오."

부락 사람들이 모두 나와 네 사람을 환영했다.

"계획하던 일이 잘됐다는 소식은 들었소이다. 조촐하게 음식을 준비했으니 맛있게 드십시오."

부락의 촌장이 정중하게 말했다. 촌장은 전쟁 때 자기 나라로 돌아가지 않은 왜인이었다. 향화인 부락 사람들이 모두 한자리에 모였다. 음식을 먹고 함께 노래를 부르기도 했고 춤도 추었다. 막새는 이곳 분위기가 마음에 들었다.

꺼억꺼억. 어두운 하늘에서 이름 모를 새의 울음소리가 들려왔다.

"저 새가 부럽구나."

무두리가 혼잣말을 했다. 바로 옆에 있던 명수가 퉁명스럽게 말했다.

"저깟 새가 뭣 때문에 부럽다고 합니까?"

"저 새는 가고 싶은 곳을 마음대로 갈 수 있잖니. 조선에 귀화해 이곳에 정착한 지도 어언 십 년이 넘어가지만 난 늘 고향이 그립고 그립구나."

무두리가 슬픈 눈으로 북쪽 하늘을 바라보았다. 그 모습을 보고 명수가 콧방귀를 뀌며 말했다.

"흥, 여진족들은 만날 치고받고 싸우는데 뭐가 그립다고!"

명수의 말에 막새가 화들짝 놀라 외쳤다.

"형! 말조심 좀 해."

"뭐, 내가 틀린 말 했나? 여진족은 자기 부족들끼리 싸움질하다가 이 년 전에야 나라가 생겼어."

다행히 무두리와 모린은 화를 내지 않았다.

"명수 말이 모두 맞다. 우리는 부족끼리 싸움박질하느라 바빴지. 그래서 모린과 내가 두만강을 건너 조선으로 왔던 거야. 그런데 명수, 네가 아직 모르는 게 있어. 여진족을 통일해 후금을 세운 누르하치는 보통 사람이 아니야. 조만간 명나라는 무릎을 꿇게 될 거야."

무두리의 말을 들으면서 막새는 가슴이 덜컹 내려앉는 느낌이 들었다.

'무두리 아저씨는 떠날 생각을 하고 있어. 아저씨가 떠나면 모

린 누나도 떠나겠지.'

막새는 건너편에 앉아 있는 모린을 뚫어지게 바라보며 생각에 잠겼다. 모린은 막새가 처음 관아에 왔을 때 보았던 그 모습 그대로였다. 까무잡잡한 얼굴에 반짝이는 두 눈이 참 매력적이었다.

그때였다. 누군가 큰 소리로 외쳤다.

"배에 잔뜩 기름 끼고 재산도 남부럽지 않게 많은 현감은 도대체 뭣 때문에 더 많이 가지려고 혈안이 되어 있는 겁니까?"

말을 꺼낸 사람은 명나라 군졸 출신인 진진이라는 남자였다. 명수가 그것도 모르냐는 표정으로 쳐다봤다.

"조선 속담에 '말 위에 말을 얹는다.'는 말이 있어요."

"흠, 말 위에 말을 얹으면 탈이 날 텐데?"

"변방에 와 있는 것도 억울한데 재물이나 잔뜩 챙겨 돌아가야겠다는 심보지 뭐겠어요? 챙긴 재물로 뇌물을 써야 다시는 변방으로 밀려나지 않을 테니까요."

명수의 말을 들으면서 막새는 계속 딴생각을 했다.

'모린 누나가 계속 조선 땅에 살았으면 좋겠다. 그래야 나중에……'

여기까지 생각이 미치자 얼굴이 화끈거렸다. 막새는 얼른 손바람을 불어 얼굴을 식혔다. 그 모습을 본 명수가 막새를 툭 치며 말했다.

"딴생각하지 말고."

"응? 내가 딴생각하는 거 어떻게 알았어?"

"네 얼굴에 쓰여 있던데?"

막새는 깜짝 놀라 얼굴을 두 손으로 마구 비벼 댔다.

어느 틈에 옆에 온 모린이 막새의 얼굴을 뚫어지게 바라보며 말했다.

"너도 명수처럼 여진 말을 얼른 배워. 여진 말이 유용할 때가 반드시 올 테니까."

그 말에 명수가 고개를 끄덕였다.

"모린이 하는 말, 다 맞아. 세상은 빠르게 변하고 있는데 그걸 모르고 고여 있는 건 조선뿐이야. 조선은 그저 명나라를 모실 생각뿐이거든. 명나라는 조만간 사라지고 말 텐데."

"명나라가 사라진다고? 믿을 수 없어."

"명나라는 썩을 대로 썩었어. 썩으면 어떻게 되겠어? 무너지는 건 시간문제라고!"

막새는 모린이 원하니까 여진 말을 배우겠다고 결심했다.

"나도 여진 말을 배워 볼게요. 열심히 배울게요."

막새의 말에 모린이 활짝 웃었다.

그때 명수가 막새를 툭 치며 물었다.

"북방_{압록강과 두만강 접경 지역인 평안도와 함경도를 이르는 말} 땅은 주인 없는 땅이라는데 너는 어떻게 생각해?"

"주인이 왜 없어? 조선이 바로 주인이지."

"조선이 내버린 땅이니까 주인 없는 땅이지. 나라에서도 관심 없는 땅이니 버림받은 땅이고 말이야. 버림받은 땅이니 우리가 주인이 되어도 좋지 않을까?"

명수의 말에 모두 화들짝 놀랐다.

"속으로라도 그런 생각은 하지 마. 그러다가 쥐도 새도 모르게 죽으면 어쩌려고."

무두리가 낮은 소리로 말했고, 모린도 놀란 낯빛을 했다.

'주인이 된다고?'

막새는 명수의 말을 들으며 오랫동안 함께 지내 온 관아의 노비들을 떠올려 보았다. 시노는 온종일 뜰 위에 서서 상전의 명을 기다려야 한다. 수노는 관청에서 필요한 물건을 사들이느라 늘 바쁘고 구노는 말을 기르면서 현감이 나들이할 때면 양산을 씌워 따라다닌다. 방노는 방을 따뜻하게 하고 변소를 돌보는 일을 한다. 모두들 평생 죽어라고 일을 할 뿐이다. 때로는 일을 잘못했다고 곤장을 맞아 절름발이가 될 수도 있고 쥐도 새도 모르게 죽어 나가기도 한다.

'과연 명수 형 말처럼 우리가 주인이 될 날이 올까?'

막새는 고개를 저었다. 살아도 산목숨이 아닌 노비는 주인이 절대로 될 수 없다고 생각했다.
"우리는 비록 주인 없는 땅에 살고 있는 노비들이지만 평생 이렇게 살다 죽으라는 법은 없다고!"
 명수가 큰 소리로 외치고는 주먹을 불끈 쥐더니 벌떡 일어났다. 막새는 명수의 그 모습이 멋있어 보였다. 막새도 덩달아 주먹을 불끈 쥐고 일어섰다.

처음 가진 꿈

"할아범, 임진란 얘기 좀 해 주세요."

막새가 조르자 할아범의 얼굴에 미소가 떠올랐다.

"왜군이 얼레빗이라면 명군은 참빗이었어."

할아범의 이야기는 늘 이렇게 시작했다. 왜군이 조선을 쓸고 간 뒤에는 얼레빗으로 머리를 빗은 것처럼 그래도 곳곳에 남아 있는 것이 있었는데, 왜군과 싸우는 조선을 돕기 위해 원군으로 왔던 명군은 촘촘한 참빗으로 머리를 빗은 것처럼 조선을 모조리 약탈해 갔다는 것이다.

"왜군은 침략군이고 명군은 조선을 도우러 온 원군이었는데 어떻게 그럴 수가 있지?"

막새는 들을 때마다 이해가 잘 되지 않았다.

"얼레빗이 지나가고, 그 위로 참빗이 지나가고 나면 남은 건 무너진 집과 피투성이 시체뿐이었지."

임진왜란을 고스란히 겪은 할아범은 그날이 생각난다는 듯 몸서리를 쳤다.

"그 험한 난을 겪고도 살아남았으니 난 참 운이 좋은 편이야. 힘없는 많은 사람이 덧없이 흙으로 돌아가 버렸지."

'힘없어서 죽었다는 말은 들을 때마다 속상해. 사람은 다 똑같은데.'

할아범의 말을 들을 때마다 막새는 그런 생각을 했다.

"예전에 세자 저하가 이곳 은산 땅에 오셨을 때 그분을 가까이서 뵈었단다."

할아범의 입에서 나온 세자란 지금의 임금을 말하는 것이다.

"이렇게 외진 땅에도 오셨다고요?"

막새가 놀랍다는 듯 눈을 크게 떴다.

"세자 저하는 백성을 가리지 않는 분이란다. 그분은 분조分朝를 이끌며 임진왜란을 수습하는 데 온 힘을 기울였지. 하여 백성들은 진심으로 그분을 따랐단다."

"그런데 분조가 뭐예요?"

막새가 묻자, 할아범이 기특하다는 듯 고개를 끄덕였다.

"호기심 많은 우리 막새, 그냥 넘어가지 않을 줄 알았지."

막새는 뭐든 귀담아듣고 궁금한 건 꼭 알아내어 머리에 새겨 놓았다. 할아범은 신이 나서 이야기를 이어 나갔다.

"임진왜란으로 한양과 개성, 평양이 함락되고 함경도까지 적이 침략했지. 에, 그러니까 그때 임금님은, 그러니까 지금 임금님의 아버지를 말하는 거다."

"할아범, 지금 나 무시하는 거예요? 나, 그 정도는 다 알아들어요."

막새가 퉁바리를 주자, 할아범이 빙그레 웃었다. 막새는 명수와 많이 달랐다. 막새보다 두 살 많은 명수는 어학에 소질이 있고 머리가 좋아 잔꾀를 잘 부렸다. 반면 막새는 이야기 듣는 것을 좋아했고 궁금증이 많았다.

"임금님은 여동으로 망명할 것을 결심했지. 그래서 본국에 남아 왕을 대신해 다스리는 '작은 조정'을 설정했고 왕세자에게 맡겼어. 그게 바로 분조라는 게다."

할아범의 임진란 이야기는 계속 이어졌다.

"세자 저하는 용감한 분이었어. 낮에는 숲에 숨어 있다가 밤에 이동을 하면서 평안도, 황해도, 강원도 등에서 의병을 일으키고, 백성들을 격려하였지."

"하, 신기하네요."

막새가 입을 벌리며 놀란 듯 말했다.

"뭐가 신기하단 말이냐?"

"왕세자가 뭣 때문에 그렇게 힘든 일을 했지요? 편하게 살아도 되는 자린데."

"그게 세자 저하의 성품이란다. 백성들과 함께했기 때문에 백성들이 존경하고 따랐던 거야. 임진왜란이 끝나고 곧이어 정유재란이 일어났을 때도 세자 저하는 전라도와 경상도로 내려가 군사들을 독려하고, 군량미와 병기를 마련해 각 군영에 조달하는 일을 했다고 하더라. 당시 우리를 도와줍네 하고 군사를 보낸 명나라에서도 아버지보다 아들이 낫다고 평가할 정도였지. 그사이에 임금님은 의주에서 편안히 있었다고 해. 평양성을 탈환하고 한양을 수복하자 그때서야 임금님은 돌아와 자신이 의주에서 명나라 군대의 파병을 요청하였고, 그 명나라 군대가 왜군을 물리쳤으니 임진왜란의 승리는 오롯이 자신 덕분이라고 했다더구나."

"헉, 정말 양심 없는 아버지네요. 아들의 공을 죄다 빼앗아 가다니!"

막새의 말에 할아범이 씁쓸하게 웃었다. 그래도 그때 용감했던 세자 저하가 지금은 나라를 다스리는 임금이 되었으니 다행이라고 했다. 이야기가 끝나 갈 무렵, 저 멀리서 소쩍새가 울었다. 솥적다 솥적다.

"막새야, 잘 들어 봐라. 소쩍새가 분명 솥적다 솥적다 그렇게 울어 대지?"

막새는 귀를 기울였다. 멀리서 희미하게 솥적다 소쩍, 솥적다 소쩍 이런 소리가 들렸다.

"솥이 적다고 우는 걸 보니 풍년이려나?"

"그랬으면 좋겠어요. 풍년까지는 아니어도 입에 풀칠할 정도만 되어도 바랄 게 없지요."

그때 어둠 속에서 명수가 불쑥 나타났다. 명수는 요즘 바빴다. 저녁마다 무두리에게 여진 말을 배우고 있기 때문이었다. 무두리의 말에 의하면 명수의 실력은 전문 통사 못지않다고 한다. 얼마 전에는 무두리 도움 없이 혼자 교역소에도 다녀왔다.

"여진 통사가 가장 인기가 없다는데 너는 왜 굳이 여진 말을 배우느냐?"

할아범의 말에 명수가 콧방귀를 뀌었다.

"홍, 세상 돌아가는 물정도 모르시네요. 우리가 야만인이라고 업신여겼던 여진족이 나라를 세웠잖아요. 이제 곧 세상이 뒤바뀔 거라고요."

"무두리 아저씨는 나라가 없어서 조선으로 귀화했다고 했는데. 이제 나라가 생겼으니 돌아가는 건가."

막새가 힘없이 중얼거렸다.

"그렇겠지. 뭣 때문에 여기 조선에서 천민 대접을 받으며 살겠어!"

명수가 자신 있게 말했다.

"그리고 입은 비뚤어졌어도 말은 똑바로 하라고 소쩍새가 무슨 솥적다 하고 울었어요? 소쩍소쩍이라고 울고 있는데."

소쩍이라고 울면 솥에 금이 쩍 갈 정도로 다음 해에 흉년이라는 소리다.

"예끼, 이 녀석아! 무슨 소쩍이야, 솥적다지."

"절구 할아범이 그렇게 듣고 싶은 거죠? 매년 그렇게 울었다고 우기지만 한 번도 풍년인 적은 없었다고요."

'절구 할아범이라니!'

막새가 고개를 갸우뚱했다. 그 모습을 본 명수가 피식 웃으며 말했다.

"절구는 할아범 이름이잖아. 할아범과 제일 친한 녀석이 그것도 몰랐어?"

"설마 절구가 내가 생각하는 그 물건은 아니겠지?"

막새는 부엌에서 언년이가 날마다 투덜대며 때리는 나무절구를 떠올렸다.

"곡식 빻는 그 절구 맞다."

할아범이 고개를 끄덕이자 명수가 신이 나서 말했다.

"설마 노비에게 좋은 이름을 기대한 건 아니겠지. 막새, 너 인마 동물 이름이 아닌 걸 다행으로 여겨. 개똥이, 말똥이, 소똥이보다는 백배 낫지 뭐. 할아범 엄니가 부엌에서 절구질하다 낳았으니 그나마 할아범은 절구라는 이름을 가졌지, 똥수깐에서 태어났으면 똥수깐이라는 이름을 가졌을 거야."

명수는 할아범을 계속 놀렸다. 막새는 그런 명수가 얄미워 한마디 했다.

"형은 '정'이라는 성까지 버젓이 있다고 어깨에 힘주지만 노비인 건 우리랑 똑같잖아."

그 말에 명수의 얼굴이 심하게 일그러졌다. 아버지가 양반이어도 어미가 노비이면 그 자식은 노비가 되어야 하는 법 때문에 명수는 노비로 살고 있다. 명수의 일그러진 얼굴을 보자 막새는 갑자기 무서워졌다.

"형, 미안해."

막새가 얼른 사과를 했다. 다른 때 같으면 문을 박차고 나갔을 명수가 웬일로 그러지 않았다.

"사과 받아 줄게. 너니까 받아 주는 거야. 다른 놈이 그랬으면 반쯤 패 줬을걸?"

명수의 말에 막새와 할아범은 고개를 갸웃했다.

'왜 화를 안 내는 거지?'

다른 때와 다른 명수의 태도에 막새는 슬슬 불안한 생각이 들었다.

"또 임진란 얘기 듣고 있었어? 똑같은 얘기를 듣고 또 듣고 지겹지도 않냐? 이놈의 신세, 죽을 때까지 노비 신세. 무슨 수를 내든지 해야지."

명수가 벌러덩 드러누우며 투덜거렸다.

"아이고, 이놈아! 네가 도대체 무슨 수를 내겠다는 거냐? 한번 노비는 영원한 노비야. 면천첩免賤帖 천민을 면하게 된 사람에게 내어 주는 증서이라도 받으면 모를까?"

할아범의 말에 명수가 자신 있다는 듯 흥얼거렸다.

"면천첩도 받고, 공명첩도 사고."

"휴, 현감이 무슨 약조를 한 모양이로구나. 현감과 쿵짝이 맞아 도대체 무슨 일을 꾸미는 건지……."

할아범이 긴 한숨을 내쉬었다. 막새가 궁금해서 명수에게 다가가 물었다.

"면천첩은 알겠는데 공명첩은 또 뭐야? 그것도 돈으로 살 수 있는 거야?"

명수가 큰 소리로 대답했다.

"그럼! 공명첩은 임진왜란 중에 병사들의 사기를 높이기 위해 공을 세우거나 돈을 낸 자에게 발급했던 거야. 일종의 벼슬 같은 거지. 물론 가짜 벼슬이지만."

"그걸 어떻게 사는 건데?"

"돈만 있으면 얼마든지 살 수 있어. 이 형이 말이다. 노비 신세를 벗어나면 그다음엔 공명첩을 살 거야. 두고 봐."

명수가 자신만만하게 대답했다. 그런 명수를 보며 할아범이 또 한숨을 내쉬었다.

"어이구, 저놈 때문에 제명에 못 살 것 같다. 네가 공명첩 살 돈이 어디 있다고!"

"두고 보시라고요! 곧 이 구질구질한 곳을 떠나고 말 테니까!"

명수가 벌떡 일어나더니 문을 박차고 나가 버렸다. 할아범이 연신 혀를 찼다.

"쯧쯧, 뭔 일을 내도 크게 낼 놈이다."

할아범은 그렇게 말했지만 막새는 명수가 부러웠다. 무두리와 모린과 함께 말을 타고 교역소에 가는 명수도 부러웠고 여진 말로 거리낌 없이 대화를 나누는 명수도 부러웠다. 또 노비 신세를 벗어나 공명첩을 사겠다는 명수도 부러웠다.

'나도 여진 말을 열심히 배워 꼭 통사가 되겠어!'

막새는 난생처음 가진 꿈을 위해 두 주먹을 단단히 쥐었다.

꿍꿍이

 현감은 한양에서 돌아와 별다른 트집을 잡지 않았다. 한양에 다녀온 일이 잘되었는지 기분도 좋아 보였다. 그 덕분에 관아의 아전들과 노비들은 평온한 하루하루를 보내고 있었다.
 "이제부터 내 치다꺼리는 네놈이 하거라. 눈치도 있고 몸도 재게 생겼구먼."
 현감의 명으로 막새는 방노가 되었다. 막새가 내아에서 현감의 잠자리를 정리하고, 요강을 들고 나오는 중이었다. 동헌 마당에서 울부짖는 소리가 들려왔다.
 "사또, 부디 아량을 베푸시어 구휼미救恤米 재난을 당한 사람이나 빈민을 돕는 데 쓰는 쌀를 내려 주십시오."
 "식구들이 굶어 죽어 가고 있습니다. 이 보릿고개만 넘기면

이자를 붙여 반드시 갚겠습니다."

요강을 비우고 난 후, 막새는 기둥 뒤편에 몸을 숨기고 동헌을 살폈다. 흙바닥에 무릎을 꿇고 애원하는 백성들의 모습이 눈에 들어왔다. 한눈에 보아도 굶주림에 시달린 모습이었다. 누더기 속에 감춰진 뼈만 남은 몸뚱이가 금방이라도 바스라질 것처럼 보였다.

평안도 땅은 어디를 가도 삭막하고 을씨년스러웠다. 전쟁으로 온 나라가 잿더미가 된 것이 이십여 년 전인데도 전쟁의 흔적이 여전히 남아 있었다. 불타 버린 집들이 널브러져 있고 농사를 지을 수 없는 척박한 땅이 끝없이 펼쳐져 있다. 한양에서 멀리 떨어져 있어 나라 소식도 느리고, 임금의 관심 밖에 있는 땅이어서 그런지 이곳 평안도는 주인 없는 땅이라는 말도 공공연히 나돌았다.

"썩 물러가렷다! 관아 창고가 너희들 쌀뒤주라도 되는 양 말하는구나."

현감이 짜증스러운 목소리로 말했다.

"그게 아니고 얼마라도 내주시면 이자를 붙여……."

남자의 말이 채 끝나기도 전에 현감이 소리쳤다.

"뭣들 하는 게냐? 당장 내쫓아라!"

대기하고 있던 노비들이 달려들어 백성들을 끌어냈다. 울부

짖으며 끌려 나가는 백성들을 보고, 막새는 마음이 영 안 좋았다. 그런 막새를 보더니 명수가 말했다.

"저러다가 노비로 전락하는 거야. 그게 순서지."

막새가 침울해 있는 것을 보고 명수가 다시 말했다.

"가자! 내가 기분 전환 시켜 줄게. 보여 줄 게 있어."

명수는 동헌에서 조금 떨어진 창고 쪽으로 막새를 데려갔다. 주위를 둘러보더니 명수가 원형 담장 안으로 쑥 들어갔다. 그러더니 막새에게 어서 들어오라고 손짓했다. 막새는 얼떨결에 따라 들어갔다. 그곳은 죄수들을 가둬 놓는 곳, 옥이었다.

"넌 여기 처음이지? 난 자주 와."

감옥은 텅 비어 있었다. 죄수들이 잠시 머무르는 곳이어서 그렇다고 했다.

명수는 익숙한 듯 여자 감옥으로 들어갔다. 그러고는 바닥에 깔린 가마니를 들추더니 꾸러미 하나를 꺼냈다.

"너한테만 보여 주는 거야. 너는 믿을 만한 놈이니까."

꾸러미에서 인삼과 약초 냄새가 났다.

"이거, 교역소에서 바꿔 온……."

막새의 말이 끝나기도 전에 명수가 대답했다.

"맞아, 조금씩 빼돌린 거야. 현감이 약속을 지키지 않을 때를 대비해서."

명수는 알 수 없는 말들을 계속 중얼거렸다.

"현감은 이곳에 온 해부터 지금까지 쭉 관아의 쌀을 빼돌려 말과 인삼, 약초로 바꾸었고 그것들을 모두 한양으로 빼돌렸어. 현감은 여진 말에 능통한 심부름꾼이 필요했는데 그게 바로 나야, 나!"

명수는 엄지손가락으로 자신을 가리켰다. 스스로 자랑스럽게 여기는 표정이었다.

"그건 나쁜 일이잖아. 그러다가 나라에서 알게 되면 어떡하려고?"

"현감은 워낙 이런 일에 교묘하고 능통해서 들키지 않을 거야. 그건 나도 그렇고 말이야."

"근데 왜 이런 일을 하는 거야? 이건 도둑질이잖아."

"현감이 면천첩을 주겠다고 했어."

"면천첩이라면 노비 신세를 면하게 해 준다는 증서?"

막새의 말에 명수가 고개를 끄덕이며 빙긋 웃었다.

"등잔 밑이 어둡다고 했어. 이렇게 숨겨 놓으면 아무도 못 찾을 거야. 만약 현감이 약속을 지키지 않으면 난 이것들을 팔아 면천첩을 살 거고. 이게 바로 내 계획이야."

"그런데 현감은 왜 이런 일을 하는 거야? 오늘도 백성들이 쌀을 내려 달라고 눈물로 호소했잖아."

막새는 현감의 행동을 이해할 수 없었다.

'있는 사람이 왜 더 가지려고 안달을 하는 건지. 많이 가진 사람은 조금 덜 가진 사람을 도와줄 수도 있는 것 아닌가?'

"넌 내가 갖지 못한 순수함이 있어. 그래서 내가 널 좋아하는 거고. 현감은 어떻게든 이런 변방에서 벗어나려고 한양의 높으신 분들에게 뇌물을 바치는 거야."

"그래서 아까 구휼미를 내려 달라고 애원하는 백성들의 청을 들어주지 않았던 거야?"

"창고에 쌀이 남아 있다고 해도 현감은 그걸 불쌍한 백성들에게 주지는 않을 사람이야. 악착같이 마지막 한 톨까지 빼돌릴 거거든."

"관아에 있는 쌀이 현감의 것인가?"

막새가 고개를 갸우뚱했다.

"이곳은 현감이 다스리는 곳이니까 현감 거나 마찬가지야."

"그런 게 어디 있어? 현감은 그러니까 도둑이네. 형도 도둑이고."

막새의 말에 명수가 막새의 머리를 쓰다듬으며 말했다.

"도둑의 물건을 훔치는 거니까 나는 죄가 없어."

태연하게 말하는 명수의 얼굴을 보자, 막새는 머리가 지끈지끈 아팠다. 명수의 말이 맞는 것도 같았기 때문이다.

막새는 명수와 헤어지고 돌아오는 길에 두꺼비와 마주쳤다. 두꺼비는 말을 산보시키고 있었다.

"막새구나. 이쪽엔 발걸음도 안 하는 녀석이 웬일이야?"

"어? 어, 할아범이 명수 형을 찾아오라고 해서. 근데 여기에도 없네."

막새는 허둥거리며 대답했다. 아무 잘못도 저지르지 않았는데 가슴이 두근두근 뛰었다.

저녁이 되어 행랑채로 돌아온 막새를 할아범이 빤히 쳐다보며 말했다.

"남이 도둑질한다고 너도 덩달아 그러면 안 된다. 예로부터 '망둥이가 뛰니까 꼴뚜기가 뛴다.'는 말도 있잖아. 네 처지를 잊지 마라, 끙."

할아범이 신음 소리를 내며 방으로 들어갔다.

막새는 멀거니 한참 서 있었다. 멀리서 소쩍새가 또 울었다. 소쩍, 솥적다, 소쩍, 솥적다.

"저놈의 소쩍새."

어둠 속에서 명수의 목소리가 들려왔다.

"형, 어디 다녀와?"

막새가 반갑게 명수를 맞이했다. 명수의 찢어진 눈이 어둠을 뚫듯이 반짝거렸다.

"곧 여진족의 세상이 올 거야. 그 말은 곧 나의 세상이 열린다는 뜻이지."

"현감이 이번에 한양에 다녀오면 곧 면천첩을 내려 줄 거야. 그러니까 이제부턴 나를 굴마훈이라고 불러."

"굴마훈?"

"이름 바꿨어. 토끼라는 뜻이지."

"토끼?"

막새는 웃음을 꾹 참고 다시 물었다.

"설마 그 이름이 형한테 어울린다고 생각해?"

"어울리고 말고 따질 필요도 없어. 난 정명수라는 이름보다 굴마훈이라는 이름이 좋아."

"형한테는 토끼보다는 여우라는 이름이 더 어울리지. 도리비라고 바꿔."

"너, 도리비가 여우라는 걸 어떻게 알았어?"

명수가 놀랍다는 듯 눈을 크게 떴다.

"'서당 개 삼 년이면 풍월을 읊는다.'고 했어. 이젠 나도 여진말을 대충 알아들을 수 있어. 아직 말하는 건 어렵지만 말이야."

막새의 자랑에 명수가 엄지손가락을 쓱 추켜올렸다.

"허 참, 제법인데? 기특한데?"

"그래도 나는 도리비가 아니고 굴마훈이야."

"나는 성과 이름이 있는 형이 늘 부러웠는데. 나는 성도 없는 아이잖아."

'김막새, 이막새, 정막새, 박막새.'

막새는 가끔 이렇게 이름 앞에 성을 붙여 불러 보았던 적이 꽤 많았다. 막새는 갖고 싶어도 못 갖는 성이기에 명수가 왜 그런 성과 이름을 버리고 여진 이름을 갖고 싶어 하는지 도저히 이해할 수 없었다.

"나는 조만간 조선을 떠날 거야. 그날이 오면 제일 먼저 이름을 내던질 거거든."

"아, 아까워라. 그 이름 내가 받고 싶다."

막새가 공중으로 두 팔을 뻗어 받는 시늉을 했다.

"근데 궁금한 게 있어. 왜 하필이면 토끼야? 그 하고 많은 동물들 중에서."

막새의 말에 명수가 피시식 웃었다.

"모린이 토끼를 좋아해."

명수의 말에 막새가 고개를 갸웃했다.

'어, 아닌데? 모린 누나는 자기 이름과 똑같은 말을 좋아하는데?'

막새는 귀엽고 자그마한 나무 말을 건네던 모린의 모습을 떠올렸다. 가슴이 벌렁거렸다.

그날 밤, 할아범이 막새 귀에 속삭였다.
"막새야, 명수를 멀리해라. 조만간 뭔 일이 벌어질 것 같다."
며칠 후, 현감은 말과 인삼, 귀한 약재를 싣고 한양으로 길을 떠났다. 부뚜와 몇몇 노비가 그 뒤를 따랐다.

분풀이

막새는 관아 밖으로 나와 멀리 들판을 바라보았다. 가을걷이가 시작되었지만 들판은 황량하기만 했다. 수확이 변변치 않은지 사람들의 발걸음이 무거워 보였다.

"분명 열흘 후에 온다고 한 것 같은데?"

교역소에 간 무두리와 모린은 보름이 지났건만 감감무소식이었다. 막새는 애먼 땅바닥을 짚신 코로 문질렀다.

'나는 날마다 누나 생각을 하는데 모린 누나는 내가 보고 싶지도 않은가 봐.'

갑자기 서운한 생각이 들었다. 막새가 막 발걸음을 돌리려는데 멀리서 시끄러운 소리가 들렸다. 한 무리의 사람들이 마을 어귀에 나타났다. 낯선 사람들의 등장으로 잿빛으로 가라앉았던 마을이 잠시 활기를 띠었다.

"감진어사 납신다. 물럿거라!"

가마 앞에 선 구사丘史 조선 시대에, 말을 타고 갈 때 고삐를 잡고 앞에서 끌거나 뒤에서 따르는 관노비가 목청껏 외쳤다. 그 뒤로 서슬 퍼런 사헌부 복장을 차려입은 소유所由 조선 시대에, 사헌부에 속하여 죄인을 잡아들이던 관직가 따랐다. 마을 사람들이 슬금슬금 뒷걸음질을 쳤다. 감진어사를 태운 가마가 가까이 다가왔다.

"와, 저 구사 목청이 하늘을 찌를 듯하네."

감탄하는 누군가의 말에 궁금하다는 듯 또 다른 누군가가 물었다.

"감진어사? 감진어사가 뭐지?"

그러자 나이 지긋한 어르신 한 분이 자세히 설명해 주었다.

"흉년이 들었을 때 파견되는 어사라오."

"어사라면 그 암행어사 말하는 거지요?"

막새가 묻자 어르신이 고개를 끄덕였다.

"그렇지. 암행어사는 아무도 모르게 출두하지만, 감진어사는 보다시피 저렇게 요란하게 출두하지."

"근데 왜 여기에?"

막새의 물음에 모여 섰던 사람들이 너도나도 한마디씩 했다.

"굶주리는 백성을 도와주기 위해 나오지 않았겠소?"

"백성들이 흉년으로 굶어 죽어 가고 있는데 현감은 도대체 뭘 하고 있는 건지."

백성들의 원성을 듣던 막새는 퍼뜩 정신이 들어 관아로 달려 들어갔다. 동헌 마당에는 아전과 노비 들이 일렬로 길게 늘어서 있었다.

'아이코, 일이 벌어져도 크게 벌어졌구나.'

막새는 맨 뒤에 얼른 자리를 잡았다. 동헌 대청 위에는 감진어사가 이미 자리를 잡고 있었다. 얼마 전에 한양에서 돌아온 현감이 헐레벌떡 나와 감진어사 앞에 납죽 엎드렸다.

"아이고, 이 먼 곳까지 어인 행차십니까? 오는 동안 피로하셨을 텐데 주안상부터 받으시는 게 어떠실지요?"

현감이 봄바람처럼 나긋나긋하게 말했다. 막새는 처음 들어 보는 현감의 목소리와 말투에 혹시 다른 사람이 아닌가 하여 눈을 비비고 다시 쳐다보았다. 분명 현감이었다.

감진어사가 근엄한 목소리로 말했다.

"나는 북방 감진어사로서 평안도의 진휼販恤 흉년을 당하여 가난한 백성을 도와주는 일 정책을 살피라는 어명을 받고 왔다. 그러니 먼저 장부부터 살펴보겠다."

늘어선 노비들이 작게 중얼거렸다.

"굶어 죽는 백성들한테 주라는 쌀을 말과 인삼, 약초로 바꾸었다는 것을 저 먼 한양에서 어찌 알고 여기 변방까지 출두했을꼬."

"귀신이 곡할 일이네. 어찌 그걸 알았을까?"

엎드린 현감이 소리 나는 쪽으로 고개를 홱 돌렸다. 눈에 살기가 가득했다. 노비들이 찔끔하여 고개를 푹 숙였다.

감진어사가 다시 큰 소리로 말했다.

"지독한 가뭄으로 굶어 죽는 백성들이 수두룩하다. 특히 북부 지방의 가뭄은 더욱 심하니 가서 살피라는 상감의 명을 받았다."

노비들의 맨 뒤에 서 있던 할아범이 훌쩍였다.

"역시 임금님은 여기 북쪽 지방을 잊지 않았어. 세자 저하 때도 그렇게 백성을 생각하더니만."

조사를 나온 아전들은 가장 먼저 창고 안의 물품과 장부 속 물품 양을 대조했다. 막새를 비롯한 노비들은 하루 종일 바쁘게 왔다 갔다 했다. 조용했던 관아는 벌집을 쑤셔 놓은 듯 어수선하고 시끄러웠다. 다행히 조사는 저녁 안으로 끝났다. 곧이어 심문이 시작되었다.

"장부와 창고의 쌀이 전혀 맞지 않으니 이 어찌된 일이오?"

감진어사의 물음에 현감이 짐짓 목소리를 깔고 대답했다.

"최근에 노비 중에 정명수라는 자가 여진족에게 곡식을 빼돌렸다는 보고를 받았습니다. 막 조사를 하려던 참이었지요. 그런데 그 일을 감진어사가 대신 해 주시려고 출두하셨군요."

현감의 능청스러운 대답에 막새는 깜짝 놀랐다.

'명수 형은 현감이 곧 면천첩을 내릴 거라고 기대하고 있는데.'

"여기는 늘 쌀이 부족한 곳인데 그런 쌀을, 더구나 관아의 쌀을 함부로 취하여 여진족에게 넘겨주었다고? 그걸 노비인 정명수가 혼자 한 일이라고?"

감진어사가 못 미더운 얼굴로 주위를 살펴보았다. 늘어선 노비들은 감진어사와 혹시 눈이라도 마주칠까 봐 계속 딴청을 피웠다.

잠시 후, 명수가 두 손이 묶인 채 끌려왔다.

"저는 사또의 명으로 심부름을 했을 뿐입니다. 쌀을 주고 대신 말과 인삼, 약초를 받아 왔사옵니다."

"그렇다면 그것들은 모두 어디 있는고?"

"현감이 한양에 갈 때 갖고 갔습니다."

명수가 당당하게 말했다. 전혀 주눅 들지 않은 목소리였다.

"저, 저런 놈이 다 있나? 감히 현감을 모함하다니!"

현감은 명수에게 삿대질을 하며 소리를 쳤다.

감진어사는 현감의 한양행을 보필했던 부뚜를 불렀다. 부뚜는 하얗게 질린 얼굴로 현감과 명수를 바라보았다.

"이번 한양 길에 현감을 보필한 구노 맞으렸다?"

"예, 그렇습니다. 구노 부뚜라고 하옵니다."

"말 다섯 필과 인삼, 약초를 바리바리 싣고 갔다던데?"

"아이고, 무슨 말씀이십니까? 말 다섯 필과 인삼, 약초라니요? 사또는 한양 본가에 잠시 들르셔서 식구들 얼굴만 보고 내려오셨습니다요."

부뚜의 천연덕스러운 대답에 길게 늘어서 있던 노비들이 놀라는 표정을 지었다.

'어? 이건 아니지? 어떻게 감진어사 앞에서 거짓말을 고할 수 있지?'

막새가 깜짝 놀라 고개를 들자, 할아범이 막새의 머리를 꾹 눌렀다. 그러고는 눈으로 계속 말했다.

'부뚜는 진실을 말할 수 없다. 어떻게 현감의 비리를 폭로할 수 있을까? 폭로하고 나서 그 뒷감당을 어떻게 할 것인가? 죽기를 각오했다면 할 수 있겠지. 그러니까 부뚜는 거짓말을 할 수밖에 없다.'

"흠, 그렇다면 그 물건들을 모조리 뒤져서 찾아내거라."

감진어사의 명을 받은 아전들이 노비들의 방을 이 잡듯 샅샅이 뒤졌다.

그때 누군가 외쳤다.

"다른 곳도 뒤져 보십시오. 창고와 옥……."

막새는 얼른 소리 나는 쪽으로 고개를 돌렸다. 누구인지 알 수 없었다. 감진어사의 아전들이 창고와 옥 쪽으로 달려갔다. 잠시 후, 아전들이 의기양양한 모습으로 나타났다.

"옥에서 이런 보따리가 여러 개 나왔습니다!"

"이건 모함입니다! 억울합니다!"

명수가 외치자, 누군가 와서 몽둥이를 휘둘렀다. 명수는 그대로 그 자리에 쓰러졌다.

잠시 후, 감진어사가 판결을 내렸다.

"여진족과 내통한 죄, 관아의 쌀을 함부로 내간 죄. 그 죄질이 나쁘고 중하니 일단 옥에 가두고 삼 년 간 노역을 하도록!"

명수는 옥에 갇혔다. 억울하다고 울부짖었지만 누구도 도와줄 수 없었다.

감진어사가 다른 지방으로 떠나고, 관아에는 정적이 흘렀다.

"현감이 이렇게 끝낼 사람이 아니야."

막새는 명수를 만나러 옥으로 갔다. 명수의 눈에서 시퍼런 불꽃이 일었다.

"형, 눈 그렇게 뜨지 말고 고개 숙이고 무조건 잘못했으니 살려 달라고 해."

명수는 피식 웃기만 할 뿐 아무 대답도 하지 않았다.

다음 날, 명수가 현감 앞으로 끌려 나왔다.

"너는 내 앞길을 가로막은 놈이다. 할 말 있느냐?"

"저는 그냥 사또가 시키는 대로 했을 뿐입니다."

"이놈이 어디서 또박또박 말대꾸야? 나는 애초에 널 믿지 않았어. 그냥 믿은 척한 것뿐이지."

"저도 마찬가지입니다. 사또가 면천첩을 주겠다고 했지만 그걸 믿는 멍청이가 어디 있겠습니까?"

"뭐라고, 이 찢어 죽여도 시원찮을 놈이 어디서 천한 입을 마구 놀려!"

현감은 제 성질에 못 이겨 형방 손에 있는 곤장을 빼앗았다. 그러고는 명수에게 마구잡이로 내리쳤다. 퍽 소리가 나더니 명수의 머리통에서 피가 솟구쳤다.

"사또! 이러다 죽습니다요. 잠깐 멈춰 주십시오."

할아범이 달려 나와 피투성이가 된 명수의 머리를 꾹 눌렀다. 할아범은 명수의 귀에 대고 중얼거렸다.

"네 입에서 잘못했다는 말이 나올 때까지 매질을 멈추지 않을 거야. 그러니 죽기 싫거든 그냥 잘못했다고 살려 달라고 말해라."

하지만 명수는 아무 대답도 하지 않았다. 또다시 시작된 매질에 명수는 기어이 혼절을 하고 말았다.

"지독한 놈."

현감은 그 말 한마디를 하고 자리를 떴다. 명수의 온몸이 피로 물들었다. 막새는 땅바닥에 주저앉아 꺼이꺼이 통곡을 했다. 곁에 있던 다른 노비들도 말없이 눈물을 흘렸다. 명수는 하루 반나절이 지나서야 정신이 들었다. 눈을 뜨자마자 명수는 떠듬떠듬 말했다.

"양반은… 나의… 원수다."

징집

"올해 가장 큰일은 임금님이 인목 대비를 경운궁에 가둔 것이지."

"그것뿐인가. 명나라가 군대를 파견하라고 한 일도 큰일이지."

사람들은 모이기만 하면 나랏일을 얘기했다. 막새는 나랏일이 자신과는 아무 상관없는 일이라고 생각했다. 막새에게 큰일은 가까운 사람들에게 일어난 일이다. 명수는 호된 매질에 간신히 살아나 옥에 갇혔고, 무두리와 모린은 압록강 너머로 떠났다. 떠나기 전날 잠깐 본 모린은 얼굴이 상기돼 있었다. 한없이 들떠 있는 모린의 모습이 막새는 야속했다.

"조선을 떠나는 게 그렇게 좋아?"

막새의 말이 끝나자마자 모린은 대답했다.

"누르하치는 우리 민족의 영웅이야. 그러니까 그분이 세우신 나라로 가야지."

모린의 말을 들은 막새는 맞는 말이라고 생각했다.

'갈라져 싸우던 민족이 통일되었으니 얼마나 좋을까?'

그런데 막상 모린의 대답을 듣고 보니 막새는 온몸에서 힘이 쭉 빠졌다. 그 모습을 본 모린이 말했다.

"네 생각을 하면 마음 한쪽이 쓰려."

"나 때문에 마음이 쓰리다고? 그거 정말이야?"

어린애처럼 좋아하는 막새를 보며 모린이 빙그레 웃었다. 모린은 언제나 예쁘지만 웃을 때는 선녀가 내려온 듯 더 예뻤다.

"인연이 있으면 만나게 될 거야. 너, 내가 준 나무 말 잘 간직하고 있지?"

막새는 저고리 속에 깊이 넣어 둔 나무 말을 만지작거리며 모린이 한 말을 중얼거렸다.

"인연이 있으면… 인연이 있으면……."

모린은 떠나면서 막새를 힘껏 안아 주었다. 무두리와 모린이 일찍 떠난 건 잘한 일이다. 그 후 현감은 군사를 보내 향화인 부락을 쑥대밭으로 만들었다.

사람들은 만나기만 하면 전쟁 얘기를 했다. 일하다가도 밥을 먹다가도 전쟁 얘기를 했다.

"아이고, 우리 북쪽 남자들은 평생이 전쟁이네그려."

그러자 부뚜가 한숨을 쉬며 말했다.

"자네 말이 맞네그려. 임진왜란이 일어났을 때 내 나이 스물이었어. 전쟁터에 나가 요행히 목숨을 건졌지만 전쟁에 대한 공포는 여전히 남아 있지. 올해로 마흔일곱인데 지긋지긋한 전쟁이 또 일어난다니 생각만 해도 힘들구나."

"부뚜, 너만 그런 거 아냐. 우리도 마찬가지지 뭐."

누군가의 말에 사람들이 고개를 끄덕였다.

"전쟁으로 척박해진 땅이 이제 겨우 기름진 땅이 되었는데 또다시 전쟁이라니!"

"이번 전쟁은 다행히 압록강 너머라고 하던데?"

"도원수都元帥 고려·조선 시대에, 전쟁이 났을 때 군사를 총괄하던 임시 무관 벼슬가 전라도, 충청도에서 징집된 병사들과 평양성에 도착했대. 조만간 황해도, 평안도 남자들도 모조리 징집이 될 거야."

체념한 듯 말하는 남자의 얼굴에 근심이 가득했다.

"누르하치가 명나라의 무순 지역을 공격해 함락시켰대. 그러니 자존심 강한 명나라가 가만히 있겠어?"

"그런데 문제는 명나라가 조선에 군대를 보낼 것을 요구했다는 거야. 임진왜란 때 도와줬으니 당연히 이번에는 자기네 나라를 도와줘야 한다는 거지. 게다가 우리 관리들은 명나라의 말이라면 꼼짝도 못 하잖아."

임금은 그동안의 전쟁 때문에 나라가 피폐해졌고 아직 회복이 덜 되었다고 생각했다. 그런데 명나라가 하도 재촉하는 바람에 결국 임금은 최고 지휘자인 도원수를 임명했고 그 도원수가 지금 평양성에 있다고 했다. 할아범은 용감한 세자 저하가 임금이 되었으니 뭐가 달라도 다를 것이라고 했다.

"이전의 임금님과 관리들은 명나라 말에 무조건 따랐지만 이번 임금님은 순순히 그렇게 하지는 않을 거야."

할아범의 말에 막새가 중얼거렸다.

"임금님과 양반들이 뭐가 아쉬워서 명나라 말에 거역하겠어요? 자기들이 나가서 싸울 것도 아니고."

그러자 옆에 있던 할아범이 재빨리 막새의 입을 틀어막았다.

"너, 이런 말 입 밖에 내면 어떻게 되는 줄 알지? 명수처럼 죽도록 매질을 당할 뿐 아니라 쥐도 새도 모르게 죽을 수 있어. 죽으면 너만 손해야. '개똥밭에 굴러도 이승이 낫다.'고 했다."

'쳇, 전쟁이 나랑 무슨 상관이야?'

막새는 시큰둥한 얼굴로 마을 쪽으로 발걸음을 옮겼다. 얼마 전까지 더워서 땀을 뻘뻘 흘렸는데 어느새 몸을 움츠려야 할 정도로 찬 바람이 불었다. 마을 입구 장터에 방이 붙었는지 사람들이 그 앞에서 모여 웅성웅성 얘기하고 있었다. 막새는 방 앞으로 바짝 다가가 내용을 꼼꼼히 읽었다. 방은 '명나라 은혜를 갚기 위해 남자라면 전쟁에 나가자!'라는 말로 시작되고 있었다.

"노비 주제에 글을 읽는구먼."

누군가 이렇게 말했지만 막새는 그러려니 했다. 그런 소리는 이미 오래전부터 들어온 터였다. 어려서부터 글자에 관심이 많았던 막새는 할아범을 졸라 글자를 배웠다. 노비가 무슨 글을 배우냐며 다른 노비들이 아무리 비웃어도 막새는 글자에 대한 허기를 감추지 않았다. 다행히 평생을 수노로 살아온 할아범은 막새가 궁금해하는 글자를 척척 가르쳐 주었다.

막새의 눈길을 끈 건 '면천첩'이라는 글자였다.

"면천첩, 면천첩."

막새가 똑같은 글자를 계속 읽어 대자, 어떤 사람이 다가와 물었다.

"면천첩이 뭐야?"

"전쟁에 나가면 신분을 바꿔 준다는 증서예요."

막새의 대답에 양인들이 너도나도 말했다.

"노비들이 그걸 받으면 양인이 된다는 소리구먼. 그러면 우리 같은 양인은 뭘 받는 거지?"

"받긴 뭘 받아. 우리는 목숨을 갖다 바치는 거지."

"노비들에게 면천첩을 주면 우리 같은 양인에게는 공명첩을 주려나?"

"헛된 꿈일랑 꾸지 말게나. 병사가 부족하니까 면천첩으로 유인하는 거야."

사람들의 말을 들으며 막새는 생각했다.

'병사가 되는 것도 괜찮겠어. 노비에서 벗어날 수 있는 좋은 기회야.'

막새는 서둘러 관아로 돌아왔다.

"명수가 풀려났다. 얼른 들어가 봐라."

설거지물을 버리러 나왔던 언년이가 알려 주었다. 막새는 한달음에 달려가 명수를 만났다. 명수는 바짝 마른 몸에 눈빛만 살아 있었다. 퀭한 두 눈 속에서 시퍼런 불꽃이 튀어나왔다.

"난, 전쟁에 나갈 거야."

명수의 말에 막새가 걱정스러운 눈빛으로 말했다.

"몸도 성치 않으면서 무슨 말 하는 거야?"

"하루빨리 조선을 벗어나고 싶어. 이 땅을 떠나는 방법은 그것뿐이야."

잠시 망설이다가 막새가 조심스레 말을 꺼냈다.

"면천첩을 준다고 하니 나도 갈 거야."

"밥이라도 먹을 수 있는 노비에 만족하는 줄 알았더니 아니었어?"

"어차피 원하지 않아도 전쟁터에 나가야 할걸! 뭘 결정할 권리가 없는 노비니까."

죽을 들고 오던 할아범이 막새가 하는 소리를 듣고 화들짝 놀라 말했다.

"막새야, 너는 이제 열네 살밖에 안 됐어. 전쟁은 너희들이 생각하는 것보다 백배 천배 더 끔찍해."

"할아범, 우리가 노비라는 걸 잊었어요? 어차피 끌려갈 게 뻔해요."

건들대며 말하는 명수의 모습에 할아범은 할 말을 잃은 듯 입을 꾹 다물었다. 맞는 말이었다.

"가서 개죽음을 당하더라도 나는 이 땅을 떠나겠어."

"개죽음이라니?"

막새가 놀라 묻자 명수가 피식 웃었다.

"후훗, 만약 개죽음을 당한다 해도 노비 생활보다는 나을 테니 걱정 마. 하지만 나는 어떤 수를 써서라도 꼭 살아남아서 원수를 갚을 거야."

"원수라니? 한양으로 간 현감 말하는 거야?"

"현감뿐 아니라 조선 팔도 전부가 나의 원수야."

"그럼 나도 원수겠네?"

"너는 빼고. 할아범도 빼고."

평안도 지방에서는 팔다리를 움직일 수 있는 남자들은 거의 다 병사에 동원되었다. 소문에 의하면 전국에서 징집된 병사의 수가 1만 3천 명 정도라고 했다.

"조선 팔도에 있는 남자란 남자는 빗자루로 쓸어 모았구먼."

누군가의 말이 귀에 닿자 막새는 온몸이 불끈거렸다.

'나도 어엿한 남자니까.'

만 가지 사연

가을이 끝나 갈 무렵, 막새와 명수는 평양성을 향해 길을 떠났다.

"형, 명나라로 가려면 북쪽으로 가야 하는 거 아니야? 왜 거꾸로 남쪽으로 가지?"

막새의 물음에 명수가 투덜거리며 말했다.

"임금님께서 임명한 도원수가 군대와 함께 평양성에 있다고 하잖아. 왜 평양성에서 그렇게 오래 머무르는지 난 도무지 이해할 수가 없어."

평양성까지 빠른 걸음으로 걸었지만 하루 반나절이 걸렸다.

"우아, 이 사람들이 다 전쟁터에 나간다고!"

막새는 벌판을 꽉 채운 병사들을 보고 놀라 입을 쩍 벌렸다.

평양성 벌판은 전라도, 충청도, 황해도에서 온 병사들로 꽉 차 있었다. 마치 새까만 개미 떼를 보는 것 같았다. 살면서 이렇게 많은 사람을 본 적이 없었다. 잠시 사라졌던 명수가 나타나 이것저것 소식을 전했다.

"지금 화기를 다루는 포수 3천 5백 명, 활을 멘 사수 3천 5백 명, 창을 들고 백병전白兵戰 무기를 가지고 적과 직접 몸으로 맞붙어서 싸우는 전투을 치르는 살수 3천 명 정도가 모였대. 전투 병력은 만 명 정도고 나머지는 잡일을 할 거래."

"잡일?"

막새의 말에 명수가 말했다.

"전쟁을 하려면 병사만 필요한 게 아니잖아. 이 많은 병사들이 먹고 입고 자려면 엄청나게 많은 물자가 필요해. 그걸 준비하고 나르고 끓일 사람이 필요하지 않겠어?"

"와, 형 정말 아는 게 많다."

막새는 존경의 눈빛으로 명수를 바라보았다.

그때 군졸 한 명이 깃발을 흔들며 외쳤다.

"평안도 병사들은 이리 다 모이시오."

막새와 명수가 달려가 보니 '평안도'라고 쓰인 깃발 아래 벌써 많은 사람이 모여 있었다.

"평안도 사람들이 가장 많이 동원됐어."

"왜 그렇지?"

"아직도 모르겠어? 버려진 땅이니까 그렇지."

"설마?"

막새의 놀라는 표정을 본 명수가 중얼거렸다.

"넌 순진한 걸 보니 아직도 멀었다, 멀었어."

잠시 후 사람들이 다 모이자 창이 지급되었다. 창을 받은 사람들은 덩치가 크고, 나이가 있는 병사들이었다. 명수도 그중 하나였다. 창이 지급되었다는 것은 적과 맞닥뜨려 싸우는 살수라는 뜻이었다.

"도원수와 부원수 뒤에 포수, 사수, 살수가 배치되어 행군할 것이다. 행군이 시작되기 전에 그쪽으로 자리를 옮겨라. 창을 받지 못한 나머지 병사는 군대의 맨 뒤쪽에서 짐을 옮길 것이다."

명수가 자리를 옮기기 전에 막새에게 말했다.

"난 앞에서 잘 싸울 테니, 너도 몸조심하고."

막새는 행렬 앞으로 가는 명수를 부러운 눈으로 쳐다보았다.

"나는 고향에서 놀 때는 장군 역할만 했었는데……. 여기서는 겨우 짐꾼이라니!"

누군가의 말에 막새가 그쪽으로 고개를 돌렸다. 막새보다 머리 하나는 작은 남자아이였다.

'저렇게 어린애도 전쟁에 나갈 수 있나?'

막새가 남자아이를 위아래로 살펴보았다.

"아무리 보아도 넌 나이가 어린데… 여긴 어떻게 왔어?"

"아버지 대신 온 거야. 아버지는 나이가 쉰이 넘어서 움직이기도 어려운데 군대에 가야 한다는 거야. 그러니 어쩌겠어? 내가 오는 수밖에."

"아, 양인은 열여섯부터 예순까지 군역이 있다고 하더니."

막새가 안쓰러운 표정으로 바라보자 남자아이가 서둘러 말했다.

"내 이름은 벌개. 나이는 열네 살."

"뭐라고? 열네 살이라고? 내 눈에는 열두 살 정도로 보이는데?"

"열네 살 맞아. 나이를 뭐하러 속이겠어?"

"나는 막새라고 해. 열네 살이고."

"나랑 동갑이네. 그런데 너도 군대에 올 만한 나이는 아닌 것 같은데?"

"난 면천첩을 준다고 해서 왔어."

"그렇구나. 근데 그냥 노비로 사는 것도 나쁘지 않을 텐데."

그러면서 벌개는 주절거렸다.

"너, 8월에 한양을 출발한 도원수가 왜 평양성에서 머뭇거렸는지 알아?"

막새가 고개를 흔들자, 벌개는 신나서 이야기했다.

"도원수는 후금과 싸워서 이득이 없다고 생각한 거야. 그렇잖아. 후금과는 원수 지간도 아닌데 오로지 명나라와의 신의를 지키기 위해서 수많은 병사들을 죽음으로 내몰 순 없잖아."

막새는 재잘재잘 계속 말하는 벌개를 신기하다는 듯 쳐다보았다.

"대단하다. 근데 넌 그런 걸 어떻게 알았어?"

"뭘 이 정도 갖고. 내가 말이야, 뭔가를 염탐하는 데 선수거든. 이른바 염알이꾼이라고 할까?"

"염알이꾼? 그거 안 좋은 거잖아. 남의 말을 엿듣는 거니까."

막새의 말에 벌개가 어깨를 으쓱하더니 말을 이었다.

"남의 말을 엿듣는 건 안 좋은 일이긴 하지. 하지만 엿들은 말을 좋은 일에 쓰면 괜찮지 않을까?"

"네 말이 맞는 것 같아. 그런데 싸우러 왔는데 짐꾼이라니. 나도 창 들고 싸우고 싶어."

막새의 말에 벌개가 기가 막힌다는 듯 쳐다보았다.

"철없는 소리 말아. 우리가 상대해야 할 여진족은 말을 타고 달리며 싸우는 사람들이야."

"그래도 남자라면 전쟁터에 나가서 한번 멋들어지게 싸워야 하는 것 아냐?"

"목숨은 하나밖에 없어. 나는 무조건 살아남는 게 가장 중요하다고 생각해."

벌개의 말에 막새가 고개를 끄덕였다. 막새는 벌개와 금세 친해졌다. 나이가 똑같다는 이유뿐 아니라 벌개는 성격이 명랑했고 붙임성도 좋았다.

막새는 까마득히 멀리 보이는 행렬의 앞에서 말을 타고 행진하는 한 무리의 장군들을 오랫동안 쳐다보았다.

잠시 후 명령이 내려왔다.

"우리의 목적지는 창성이다."

명령이 떨어지자 군사들이 걷기 시작했다. 군사들의 행렬은 끝도 없이 이어졌다.

"지금 여기는 어디일까?"

벌개가 주위를 둘러보았다. 막새가 자신 있게 대답했다.

"운산쯤일 거야."

"어디까지 가야 압록강이 나오는 거야?"

"창성까지 올라가면 압록강이 보여. 그 너머가 바로 명나라 땅이지."

무두리와 모린에게 자주 들은 이야기였다. 압록강을 건너기 가장 좋은 곳이 창성이라고.

가도 가도 길은 끝이 없었다. 11월이 지나고 12월이 되면서 온도가 쭉쭉 내려갔다. 초겨울의 삭풍은 살을 에는 듯했다. 마치 칼날이 온몸을 스치고 지나가는 느낌이었다. 들판엔 빈 쭉정이만 나뒹굴었고 잿빛 하늘은 눈을 뿌리려는 듯 낮게 내려왔다. 북쪽으로 올라갈수록 길은 험했고, 군사들은 대부분 홑옷을 입고 있어 바들바들 떨었다.

먹을 것도 항상 모자랐다. 하루에 겨우 두 끼 먹는데 그것도 대부분 주먹밥이거나 희멀건 죽이었다. 주먹밥은 꽁꽁 얼었고, 죽에는 건더기라곤 찾아볼 수 없었다. 후루룩 마시면 그걸로 끝이었다.

밤에는 너무 추워 잠이 오지 않았다. 깔고 자기 위한 건초가 배급되었지만 땅에서 올라오는 한기를 막아 주지는 못했다. 도저히 잠이 오지 않았다. 그런 날이면 막새는 또래 병사들과 이야기를 나누었다.

"아버지는 병들어 누워 계시고 먹을 게 없어 엄니가 양반집에 가서 일을 도와주고 양식을 얻어 왔어. 그런데 어느 날 마나님이 엄니를 자기 집 노비로 삼는다는 거야. 아버지가 가서 따졌지만 매만 작살나게 맞고 자리에 눕고 말았어. 그런데 그런 아버지가 전쟁터에 나가야 한다는 거야. 아버지는 매 맞아서 움직이지도 못하는데 말이지. 그래서 아버지 대신 내가 오게 되었어."

벌개의 말을 들으며 막새는 부모님이 있다는 게 어떤 걸까 상상해 보았다. 자신에게도 분명 부모님이 있었지만 얼굴이 전혀 떠오르지 않았다.

"나는 양인이지만 노비가 부러울 때가 있어. 노비가 되면 굶어 죽지는 않잖아."

김돌이라는 이름을 가진 남자가 말을 이었다.

"그리고 노비는 이번 전쟁에 나갔다 오면 면천첩을 받는다며! 너는 그런 거라도 받지만 양인들은 아무것도 없어."

노비를 부러워하는 양인이 있다는 것을 막새는 처음 알았다.

"명나라는 군사들만 요구한 게 아니야. 전쟁에 쓸 물품에 말도 천 필이나 달라고 했어."

"이런 썩을 놈들."

병사들이 먹을 식량 구하랴, 말 구하랴, 전쟁 물품 구하랴, 전쟁에 징집된 병사들보다 백성들이 더 어렵다고 했다.

"왜 이곳에 왔어요?"

막새는 손이 고운 젊은 남자를 쳐다보며 물었다. 아무리 보아도 막일을 하는 사람 같지 않았다. 짐수레 끄는 것도 서툴렀고 짐을 나르는 행동도 무척 굼떴다.

"나는……."

한참 망설이다가 젊은 남자가 입을 열었다.

"내 이름은 박형수. 과거 시험을 보고 싶어서 나왔어."

"과거? 그 과거 시험?"
벌개가 화들짝 놀라 물었다.
"전쟁하고 과거 시험하고 무슨 상관이 있지?"
주위에 있던 남자들이 모두 웅성거렸다
"아버지는 양반이지만, 난 첩의 소생이라는 이유로 관직에 오를 수 없어. 이번 전쟁에 나가면 과거에 응시할 수 있는 기회를 준다고 하더군."
밤마다 병사들의 사연을 들으며 막새는 함께 울고 웃었다.
'병사들이 만 명이 넘으니 모두 합치면 만 가지 사연이 넘겠구나.'

압록강을 건너다

 길고 긴 행군이 계속되었다. 날씨는 점점 혹독하게 추워졌다. 오랜 행군에 병들어 더 이상 함께할 수 없는 이들도 생겼고, 동상으로 발가락이 하나둘 떨어져 나가는 병사들도 생겨났다. 식량도 제때 보급이 안 되어 민가에 도착하면 뼈만 남은 소를 잡기도 했다.
 "전쟁에 나가면 굶지는 않겠다고 기대했는데."
 벌개가 얼굴을 찡그리며 말했다.
 '전쟁이 끝나면 면천첩을 받을 테니까 그때까지 참아야 해.'
 막새는 속으로 이 생각을 하면서 버텼다. 그런데 옆에 있던 벌개가 땅바닥에 고꾸라졌다.
 "더 이상 못 가겠어. 걸을 수가 없어."

벌개의 너덜너덜해진 짚신 사이로 피고름이 흘렀다. 벌개는 이미 동상으로 발가락이 몇 개 떨어져 나갔다. 막새는 벌개를 부축해 걸었다.

"우아, 창성에 도착했다!"

병사들이 큰 소리로 외쳤다. 잠시 쉴 수 있겠다는 기대감 때문이었다.

그러는 사이 노란 말의 해 무오년이 지나고, 기미년이 밝았다. 여전히 식량은 부족했고 날은 추웠다. 1월이 지나고 2월이 되었지만 병사들은 그저 아무 일도 하지 않고 기다렸다.

'너무 추워서 압록강을 못 건너는 건가?'

길고 긴 행군은 끝났지만 아무 일도 안 하고 마냥 기다리는 것이 지루해질 즈음, 명령이 내려왔다.

"내일 창성을 떠나 압록강을 건넌다."

2월 중순에서 나흘이 지난 날이었다. 여전히 날은 맵고 차가웠다.

행렬 앞쪽에서 장군들 중 한 명이 큰 소리로 외쳤다.

"걸음을 재촉하라. 압록강이 멀지 않았다. 오늘 중으로 압록강을 건너야 한다."

막새는 벌개를 일으켜 부축하며 걸었다.

'여기서 나마저 쓰러지면 안 돼.'

다리가 후들거렸지만 꾹 참았다.
"강이다!"
누군가의 말에 이어 또 다른 목소리가 외쳤다.
"압록강이다!"
갑자기 군사들 사이에 정적이 흘렀다. 너무 춥고 배고파서 생각하지 못했던 전쟁에 대한 불안감이 온몸을 옥죄어 왔다. 이 강을 건너면 진짜 전쟁터에 도착하는 것이다.
"힘을 내라! 이 강을 건너면 식량이 기다리고 있을 것이다!"
압록강을 건너기 위해 창성까지 오는 동안 숱하게 들은 말이다. 저 말을 믿을 수 없다는 걸 병사들은 모두 알고 있었다. 백성들은 병사들에게 내놓을 충분한 곡식도, 면포^{綿布 무명실로 짠 천}도 갖고 있지 않았다. 굶주리는 건 백성들이나 병사들이나 마찬가지였다.
다행히 강은 생각보다 깊지 않았고 물의 흐름도 빠르지 않았다. 얼음이 둥둥 떠다녔지만 건너는 데 방해가 되지는 않았다.
"더 이상 못 가. 그냥 너 혼자 가."
강의 절반쯤 왔을 때 벌개가 다 죽어 가는 목소리로 말했다.
"내가 부축해 줄 테니까 가자! 널 두고 갈 순 없어."
막새가 단호하게 대답했다. 벌개를 부축한 막새는 행렬의 맨 끄트머리로 밀려났다. 벌개가 축 늘어지자 몇 배로 무겁게 느껴졌다. 막새는 벌개를 등에 업었다.

"나는 그냥 두고 가. 그러다 너까지 죽어."

벌개가 힘없는 목소리로 중얼거렸다.

"야, 정신 차려! 살아도 같이 살고 죽어도 같이 죽어야지."

막새의 말에 벌개가 희미하게 웃었다.

"너는 죽으면 안 돼. 꼭 살아서 면천첩을 받아야지."

벌개의 눈에 눈물이 가득 고였다. 막새는 아무 말 없이 힘겹게 걸었다. 얼음덩어리가 떠내려가면서 막새의 종아리에 생채기를 냈다. 피가 줄줄 흘렀다. 저 멀리 강을 건넌 병사들이 흐릿하게 보였다.

'아직도 멀었다.'

막새는 죽을힘을 다해 강을 건넜다. 강을 다 건너자 막새는 그 자리에 쓰러졌다.

장군의 고뇌

"네 이름은?"

조선 군대의 최고 지휘자인 도원수가 물었다. 막새는 납작 엎드린 채 가만히 생각해 보았다.

'내가 무슨 죄를 지은 거지?'

장군 옆에 서 있던 부원수가 다가와 막새를 툭 쳤다. 얼른 대답하라는 뜻이었다.

"예, 저, 저는 평안도 은산에서 온 노비 막새이옵니다."

막새는 찬찬히 기억을 더듬어 보았다. 벌개를 등에 업고 강을 건넌 후 마른 짚단처럼 풀썩 쓰러졌고, 그 후 눈을 떠 보니 도원수가 부른다는 전갈이 내려왔다.

막사 안은 바깥보다 따뜻하고 아늑했다.

"네가 업고 강을 건넌 저 병사는 누구인가?"

"벌개라고 합니다."

"예전부터 아는 사이였던고?"

"아닙니다. 전쟁터에 와서 알게 되었습니다."

"2월의 강물은 온몸을 마비시킬 정도로 차갑다. 너도 자칫 죽을 수 있는 상황에서 어찌 저 아이를 끝까지 업고 강을 건넌 것이냐?"

"병들어 누워 계신 아비 대신 전쟁에 나선 가엾은 동무를 어찌 모른 척할 수 있겠습니까? 장군이라면 그렇게 하실 겁니까?"

그러면서 막새는 고개를 번쩍 들었다. 바로 눈앞에 도원수의 얼굴이 있어서 깜짝 놀랐다. 막새는 다시 납작 엎드렸다.

"고개를 들라."

막새의 눈앞에 있는 도원수는 수염이 텁수룩한 할아버지였다. 도원수는 뭔가 위엄 있고 얼굴도 험상궂을 줄 알았는데 전혀 아니었다. 눈앞에 있는 도원수는 절구 할아범과 비슷한 얼굴이었다.

"너까지 죽을 수도 있었다."

도원수가 인자한 목소리로 말했다.

"죽다니요? 그건 안 되지요. 면천첩을 받으려고 이 전쟁에 나왔는데 절대로 죽으면 안 되지요!"

막새는 '절대로'에 힘을 주어 말했다.

"면천첩? 그것 때문에 전쟁터에 나왔더냐?"

"면천첩도 면천첩이지만 전쟁터에 무조건 나가라고 하니까 나왔습죠. 저희 같은 천한 것들이 마음대로 결정할 수나 있습니까?"

막새의 당돌함에 도원수는 깜짝 놀랐다. 사실 막새도 스스로에게 놀랐다.

'나에게 어디서 이런 용기가 났을까? 전쟁터에 나오니 조금 용맹해졌나?'

막새는 그런 생각을 했다.

"흐흠. 네 나이가 몇이더냐?"

도원수가 웃음을 참으려고 입술을 꾹 다물었다.

"열다섯입니다."

"돌도 씹어 먹을 나이인데 너무 말랐구나. 너는 앞으로 내 옆에서 시중을 들도록 해라."

도원수의 말에 막새는 깜짝 놀랐다. 도원수 옆에서 시중을 들면 예전보다는 훨씬 몸이 편할 것이다. 그 생각을 하는 순간, 막새는 얼른 입을 열었다.

"그렇다면 도원수님!"

"그냥 장군이라고 불러라."

"예, 그러면 장군님이라고 부르겠습니다! 그런데 저보다는 벌개가 잘할 겁니다. 벌개는 몸집도 작고 힘은 좀 없지만 눈치가 빨라요. 성격도 저보다는 훨씬 좋습니다요."

도원수가 인자한 미소를 띠며 막새를 바라보았다.

"그 아이는 양쪽 발가락이 여섯 개나 떨어져 나가 더 이상 행군은 힘들다. 고향으로 돌려보낼 것이다."

막새는 벌개가 떠난다는 말에 조금 섭섭했지만 벌개를 위해서는 잘된 일이라고 생각했다.

이틀 후, 벌개는 오던 길을 되돌아 고향으로 가게 되었다.

"벌개야, 너 없어서 심심할 거야. 아무쪼록 잘 살아."

"막새야, 고마워. 우리 꼭 살아서 다시 만나자."

막새는 벌개의 바랑물건을 담아서 등에 질 수 있도록 만든 주머니에 주먹밥 몇 개를 넣었다. 어제 저녁 도원수가 남긴 밥으로 만든 것이었다. 막새는 떠나는 벌개에게 무언가를 줄 수 있어서 기뻤다.

벌개가 떠난 날, 막새는 잠을 이루지 못했다. 도원수도 마찬가지였다.

'나는 동무를 보내서 그렇다고 하지만, 장군님은 뭣 때문에 잘 드시지도 않고 잠도 못 이루시지?'

막새는 따뜻한 물을 챙겨 도원수의 침상으로 갔다. 도원수가 따뜻한 물을 마시면 좀 더 편히 잘 수 있을 것이라고 생각했기 때문이다.

"막새야, 이리 와서 앉아 보렴."

도원수의 얼굴에는 수심이 가득했다.

"너는 명나라를 돕기 위해 싸우러 나가는 조선을 어떻게 생각하느냐?"

막새는 잠시 주저했다.

'노비 주제에 진짜 생각을 말해도 되나? 혹시 마음에 안 든다고 현감처럼 매질을 하는 건 아닐까?'

막새의 생각을 눈치챈 도원수가 인자한 미소를 띠며 말했다.

"편하게 네 생각을 말해 다오."

"당장 우리가 죽을 만큼 어려운데 남을 도울 수 있나요? 그나마 남은 것을 쥐어짜서 도와준다고 하는데 조선의 아비 나라인 명나라는 그걸 바라는 겁니까? 아비는 자식이 어려운 걸 어찌 모른 척하고 자꾸만 내놓으라고 하는 겁니까?"

막새의 말에 도원수는 흠칫 놀라는 표정을 지었다.

"그렇다면 의리를 버려야 하는가? 너는 죽어 가는 동무를 모른 척하지 않는 의리 있는 아이라고 생각했는데……."

"저는 한 움큼의 기운이라도 있었기에 가능한 일이었습니다. 조선은 그런 기운이 남아 있지 않다고 생각하는데요."

막새의 말에 도원수가 고개를 끄덕였다.

"만약 이 전쟁에서 명이 지고 후금이 이긴다면 그때 조선은 어떻게 되는 겁니까?"

도원수는 막새의 물음에 대답을 하지 못했다. 다만 계속 중얼거렸다.

"그게 바로 내가 잠을 못 이루는 이유다. 죽기를 각오하고 싸워야 할지, 구차하더라도 항복해서 병사들의 목숨을 구해야 할지."

도원수의 말은 알쏭달쏭했다. 무거운 분위기를 바꾸려는 듯 막새가 화제를 돌렸다.

"도원수인 장군님만 문관이고 나머지 장군은 다 무관이라 들었습니다. 제가 알기에 문관은 글을 읽는 분 아닌가요?"

"맞다. 너는 문관인 내가 왜 도원수에 임명되었다고 생각하느냐?"

"글쎄요. 무술에 능통하셨나? 아니면 전술이 뛰어나셨나?"

막새의 말에 도원수는 마치 손자에게 옛날얘기를 해 주듯 이야기를 시작했다.

"나는 전쟁에 나가고 싶지 않았어. 지난해 도원수로 임명받자, 나는 사직하겠다고 상소를 올렸단다. 그런데 임금님이 허가하지 않으셨지. 나는 전 임금님 시절 어전 통사를 수행했단다."

"어전 통사요? 어전 통사라면 임금님의 통역관?"

막새가 한참 동안 입을 다물지 않자 도원수가 껄껄 웃었다. 막새는 도원수의 웃음소리를 처음 들었다.

"내가 전쟁에 나가고 싶지 않았던 이유는 두 가지였어. 단지 중국어를 잘하니까 임명되었을 뿐이라는 것. 또 하나는 이 전쟁이 조선의 전쟁이 아니라 명나라와 후금의 전쟁이라는 것 때문이었지."

도원수가 통사였다는 얘기를 듣자 왠지 막새는 도원수와 가까워진 느낌이 들었다.

"장군님, 저는 여진 통사가 되는 게 꿈입니다. 전쟁이 끝나고 면천첩을 받고 나면 꼭 통사가 될 겁니다."

막새의 말에 도원수가 환하게 웃었다.

"네 꿈이 꼭 이루어졌으면 좋겠다. 그런데 이 전쟁이 호락호락한 전쟁이 아니라는 것만 꼭 기억해라."

막새는 마음속으로 굳게 다짐했다.

'호락호락하지 않은 전쟁. 그러니까 어떻게든 살아남아야 한다.'

도원수는 하품을 하며 말했다.

"나는 오늘도 임금님께서 내게 주신 수수께끼를 풀고 있는 중이란다."

"수수께끼요?"

"관형향배觀形向背, 형세를 보아 행동을 결정하라는 뜻이다."

막새는 고개를 설레설레 흔들었다.

'무슨 수수께끼가 이렇게 어렵지?'

막새는 도원수가 얼른 이 어려운 수수께끼를 풀었으면 좋겠다고 생각했다.

전투

 강을 건느고 나니 또 다른 고난이 찾아왔다. 2월의 끄트머리인데 어마어마한 눈보라가 몰아쳤다. 병사들의 옷과 무기가 모두 젖었다.
 "도원수님, 가지고 온 식량이 거의 떨어졌습니다. 본국에 식량과 건초를 보내 달라고 요청했는데 아직도 아무 소식이 없습니다."
 우영을 맡은 부원수 김경서 장군이 초조한 듯 말했다. 조선 군대는 중영, 좌영, 우영 세 개로 나뉘어 있었다. 도원수는 중영을 맡고, 부원수는 우영을, 나머지 좌영은 김응하 장군이 지휘하고 있었다.
 "백성들이 먹을 양식도 없으니 보낼 수가 없겠지요. 명나라 군대를 만나면 식량을 좀 얻어 보겠소. 휴우."

도원수는 길고 가는 한숨을 내쉬었다.

잠시 후 압록강 북쪽에서 명나라 군사를 만났지만 기대했던 식량은 얻지 못했다. 명나라 군사는 조선 군대보다 수가 적었고 무기의 상태도 영 좋지 않았다.

명나라 군사가 산 아래에 진을 치자, 조선 군사는 고개 넘어 오십여 리 떨어진 곳에 진을 쳤다. 골짜기를 따라 개울물 흐르는 소리가 들리는 곳이었다.

어스름해질 무렵, 도원수가 피곤에 지친 얼굴로 막사로 돌아왔다.

"내일 아침 일찍 우모령을 넘어야 한다. 오늘 밤은 몹시도 추울 테니 이 안에서 잠을 자거라."

'장군님이 몹시 심란하시구나. 나하고 얘기를 하고 싶으신 거야.'

도원수는 밤마다 잠을 이루지 못했다. 그럴 때마다 막새는 도원수의 말벗이 되었다. 예순을 앞둔 도원수는 열다섯 막새를 손자 보듯 바라보았다. 막새는 막사 입구에 건초를 깔고 앉았다.

"어서 이야기해 보세요. 뭐가 그렇게 걱정이신가요?"

도원수는 그런 막새를 보고 살포시 미소를 지었다. 은산 관아의 할아범 미소와 똑같았다.

"병사들이 쫄쫄 굶은 채로 무지막지한 팔기군을 상대해야 한다니 이를 어쩌면 좋단 말이냐."

막새는 도원수가 식량을 구하려고 애쓰는 모습을 전부 지켜보았다. 명나라 군대를 만나자마자 식량을 나눠 달라고 호소했지만 거절당했다. 자기들도 식량이 부족하다는 이유였다. 남의 전쟁에 끌려와 먹지 못한 채 싸워야 하는 군대가 바로 조선군이었다. 식량 생각만 하면 모두가 속상하고 화나고 우울했다. 분위기를 바꾸려고 막새가 화제를 돌렸다.

"장군님, 장군님! 팔기군이 그렇게 무서워요?"

"무섭고 두렵지. 기동력도 대단하고 후퇴를 하지 않는 군대라고 들었다."

"후퇴를 하지 않는다는 건 죽음을 불사한다는 얘기네요. 여덟 개의 깃발을 들고 다녀서 팔기군이라고 하나?"

막새가 중얼거렸다. 그 말에 도원수가 설명을 해 주었다.

"네 짐작이 맞단다. 후금을 세운 누르하치는 기존의 남색, 황색, 백색, 홍색 등 네 개의 기에 기존 색깔에 홍색 테를 두른 네 개의 기를 추가해 여덟 개를 만들었단다. 그래서 이름도 팔기군인 게야. 각각의 깃발이 하나의 부대라고 할 수 있지."

우르르릉 소리와 함께 지축을 울리며 깃발을 휘날리며 달려오는 후금군을 상상하니 막새는 덜컥 겁이 났다. 하지만 속마음과 다르게 말을 꺼냈다.

"우리 조선군도 용감하게 싸울 거예요. 그렇죠? 그러니 장군님, 걱정은 그만하시고 이제 자리에 누우세요."

막새의 말에 도원수는 마지못해 자리에 누워 눈을 감았다. 곧 3월인데 날씨는 여전히 살을 에는 듯 차가웠다. 막새는 건초 위에 누워 막사 지붕을 바라보았다. 할아범의 얼굴이 떠올랐다. 떠나기 전 당부하던 할아범의 목소리가 들리는 듯했다.

"막새야, 호랑이 굴에 들어가도 정신만 차리면 살 수 있다. 거기 전쟁터는 호랑이 굴보다 더한 곳이야. 정신 바짝 차려야 한다. 알았지?"

그때 아무 대답도 안 하고 떠난 게 후회스러웠다. 막새는 속으로 대답했다.

'할아범, 제가 갈 때까지 부디 살아 계세요.'

할아범 생각을 하니 긴장이 좀 풀리고 온몸이 노곤노곤해졌다. 막새는 스르르 단잠에 빠졌다.

2월의 마지막 날, 막새는 도원수를 따라 산꼭대기로 올라갔다. 명나라 장군을 만나기 위해서였다.

"이제 적의 본거지인 허투알라성까지 얼마 안 남은 것 같소. 모두 힘을 냅시다."

도원수의 말에 명나라 장군이 자신 있게 말했다.

"우리가 앞서갈테니 조선군은 우리 뒤를 따라오시오."

다음 날 아침, 명나라 군사 1만 명이 길을 떠났다. 조선 군사 1만 3천 명이 그 뒤를 따랐다. 잠시 뒤 명나라 군사들이 멀어지더니 눈앞에서 순식간에 사라졌다. 모두 말을 타고 있었기 때문이었다. 조선 군사들은 고개를 넘기 위해 걸음을 재촉했다. 고갯길은 좁은 데다 앞이 안 보일 정도로 숲이 우거졌다. 게다가 적들이 군데군데 큰 나무를 베어 넘어뜨려 놓아 앞으로 나아가기가 어려웠다. 나무를 치우느라 시간이 지체되었다.

"배고파서 다리가 후들거려."

"나는 어지러워서 눈앞에 아무것도 안 보여."

병사들은 여러 날 굶은 데다 갈증까지 심해 잘 걷지 못했다. 픽픽 쓰러지는 병사들도 늘어났다.

"장군님, 뒤처진 병사들을 제가 돌보겠습니다."

막새는 도원수의 허락을 받아 쓰러진 병사들을 한자리에 모이게 했다. 급히 가마솥을 걸고 물을 끓이기 시작했다. 산속에는 아직 녹지 않은 눈덩이며 얼음덩이가 많아서 가능했다. 따뜻한 물을 마신 병사들은 힘을 내어 다시 걷기 시작했다.

"3월이 되었으니 날이 좀 따뜻해질까 했는데 더 춥네그려."

"배 속에 들어간 게 없으니 그럴 수밖에 없지."

"그래도 막새 덕분에 몸이 좀 따뜻해졌어. 막새, 고마우이."

기운을 차린 병사들이 막새에게 고마움을 전했다.

3월 둘째 날, 고개를 넘으니 눈앞에 커다란 강이 나타났다.

"강을 건널 수 없으니 빙 돌아서 가야겠군."

도원수의 명령에 따라 병사들이 막 발걸음을 옮기려는데 어디선가 후금 병사들이 나타났다. 적이 갑자기 나타나 당황했지만 사수들은 일사불란하게 대열을 만들어 후금군을 공격했다. 그러는 사이 포수들이 총을 쏘았고, 살수들이 창을 들고 달려 나갔다. 조선군 병사들은 후금 병사들을 모두 물리쳤다.

"만세! 우리가 이겼다!"

조선 병사들이 일제히 소리를 질렀다. 쓰러진 후금 병사들은 대략 6백여 명이었다. 처음으로 만난 후금군을 물리치자, 병사들의 사기가 올라갔다.

"저 앞에 여진족 부락이 있습니다!"

정찰병이 보고를 하자, 사수와 포수가 재빠르게 달려 나갔다. 혹시나 후금 병사들이 남아 있을지도 몰라 신경을 곤두세우며 부락으로 들어갔다. 부락에는 개미 새끼 한 마리 없었다.

"양식을 찾아라!"

병사들은 집 안 이곳저곳, 집 밖 여기저기를 수색했다. 이 잡듯 뒤졌지만 곡식은 나오지 않았다.

"분명 어딘가에 숨겨 놓은 게 있을 게다. 샅샅이 뒤져 보아라."

병사들은 간절하게 곡식을 찾아 헤맸다.

"여기 곡식 몇 자루가 있습니다."

한 병사가 땅속에서 곡식 자루를 들어 올렸다. 그걸 본 병사들이 환호성을 질렀다. 병사들의 굶주린 배를 채우기에는 턱없이 부족한 양이었지만 오랜만에 곡식을 보자 모두의 입가에 웃음이 떠나지 않았다. 막새를 비롯한 노복奴僕 종살이를 하는 남자들이 재빨리 가마솥을 걸고 죽을 끓였다. 알갱이가 거의 보이지 않는 희멀건 죽이었다. 하지만 병사들은 허겁지겁 죽을 들이켰다. 죽이 들어가자 병사들의 얼굴이 환해졌다.

이틀 후, 수십 리를 걸은 끝에 부차라는 곳에 이르렀다. 부차는 사방이 뻥 뚫린 평야였다. 앞서가던 정찰병이 하얗게 얼굴이 질린 채 달려왔다.

"장군님, 저 앞에 시체가 쌓여 있습니다."

"시체가 있다고?"

도원수가 고개를 갸웃했다. 장수 한 명이 그쪽으로 달려가자 막새도 쪼르르 뒤쫓았다. 말과 시체 들이 뒤엉켜 있었다. 자세히 보니 모두 명나라 병사들이었다.

"장군님, 앞서가던 명군이 모두 전멸했습니다!"

장수의 보고에 도원수가 주위를 둘러보며 다급하게 외쳤다.

"후금군이 매복_埋伏 상대편의 동태를 살피거나 불시에 공격하려고 몰래 숨어 있음_해 있다! 병사들은 근처 언덕으로 올라가라!"

막새는 도원수가 이끄는 중영 병사들과 함께 급히 작은 산으로 올라갔다. 하지만 뒤따르던 우영과 좌영의 군사들은 말을 타고 달려온 후금군의 주력 부대와 맞닥뜨렸다.

좌영장 김응하 장군이 외쳤다.

"화포를 쏘아라."

포수가 화포를 쏘자, 후금의 기병 부대가 순간 멈칫했다. 조선 병사들이 달려 나가 후금군과 싸움을 벌였다.

"두 번째 화포를 쏘아라."

그때 서북풍이 거세게 불기 시작했다. 바람 때문에 화약을 잴 수 없었다. 화승총_火繩銃 불을 붙게 하는 노끈으로 화약에 불을 붙여 발사하는 구식 소총_이라 총을 쏘고 난 후 다시 화약을 장전하는 데 시간이 필요했다. 그러는 사이 적군 3만 명이 휘몰아쳤다. 그들은 말을 타고 달리면서 조선 병사들을 향해 사정없이 창과 칼을 휘둘렀다. 병사들이 피를 쏟으며 그 자리에 고꾸라졌다.

막새는 산 위에서 그 장면을 모조리 지켜보았다. 처참했다. 막새는 그 자리에 주저앉았다. 두려움에 온몸을 부들부들 떨었다. 눈물이 끝도 없이 쏟아졌다. 다른 병사들도 마찬가지였다.

사라진 토끼

핏빛 노을이 사방으로 번지더니 어둠이 몰려왔다. 해가 지자 온도가 급격히 떨어졌다. 한나절 만에 조선 군사 수천 명이 목숨을 잃었다.

"이렇게 허무하게 몰살을 당하다니!"

평지에서 싸우다 산 위로 피해 간신히 목숨을 건진 부원수가 땅을 치며 통곡했다. 살아남은 군사는 도합 5천여 명 정도 되었다. 살아남았지만 모두 넋이 빠져 있었다.

도원수가 붉어진 눈자위를 누르며 중얼거렸다.

"그렇다고 마냥 절망에 빠져 있을 순 없다. 병사들을 위해 당장 무엇을 해야 할꼬?"

막새가 도원수에게 다가가 조심스레 말했다.

"장군님, 제가 살펴보니 산 가운데 움푹 들어간 곳이 있습니다. 일단 그쪽으로 병사들을 이동시켜 추위를 피해야 할 듯합니다."

막새의 말에 도원수가 고개를 끄덕였다.

"그래, 그렇구나. 네가 이 늙은이보다 현명하구나. 어찌 됐든 견뎌야지, 이 상황을."

"예, 맞습니다요. 죽은 사람을 생각하면 원통하고 분하지만 산 사람은 살아야지요."

진짜 그랬다. 막새는 '개똥밭에 굴러도 이승이 낫다.'고 하던 할아범의 말이 자꾸 떠오르면서 어떻게든 살고 싶었다. 낯선 땅에서 죽는 건 정말 싫었다. 두 사람의 대화를 듣던 부원수가 두 주먹을 불끈 쥐고 일어났다.

"모두들 무기를 챙겨 나를 따르라."

조선 병사들은 산 가운데 움푹한 분지로 모였다. 칼바람을 맞으며 밤을 꼬박 새웠다.

"내일 후금군이 산으로 올라오면 어떡하지?"

"항복하면 살려 줄까?"

"항복하다니! 끝까지 싸워야지."

병사들은 불안에 떨며 수군거렸다. 내일 어떤 일이 일어날지는 아무도 모르는 일이었다.

아침이 오자, 병사들은 불안한 얼굴로 산 아래쪽을 내려다보았다. 후금군은 아무 움직임이 없었다.

"왜 이렇게 조용하지?"

"산 위로 쳐들어올 건가? 아니면 우리가 내려오기를 기다려 공격하려는 걸까?"

모두들 숨죽이고 있는데 멀리서 말을 타고 오는 사람이 보였다. 후금의 통역관이었다.

"우리는 명나라와 원한이 있어서 전쟁을 하지만 너희 조선과는 아무 원한이 없다. 그런데 어찌 너희들은 여기까지 와서 우리와 전쟁을 벌이는가?"

통역관의 말에 도원수가 차분한 목소리로 대답했다.

"우리 두 나라는 전부터 원한이 없었다. 이렇게 온 것은 조선의 뜻이 아님을 너희 나라도 잘 알지 않느냐? 우리는 명나라의 요청으로 어쩔 수 없이 온 것이다. 후금과는 아무 원한이 없다."

그러자 후금의 통역관이 빙긋이 웃으며 제안했다.

"그렇다면 더 이상 싸울 필요가 없지 않는가?"

그러면서 통역관이 은근한 말투로 말했다.

"더 이상 피 흘리지 말고 화해합시다."

멀리 있었지만 막새는 통역관의 말을 대충 알아들었다. 그동안 여진 말을 틈틈이 배워 둔 덕분이었다. 도원수는 쉽게 대답하지 못했다. 막새는 그 모습을 보고 생각했다.

'장군님의 심정이 매우 복잡하겠어. 높은 자리에 있는 사람은 모든 걸 책임져야 하니 참 힘들겠구나. 나는 내 몸 하나만 건사하면 되는데.'

그러면서 막새는 자신이 도원수의 입장이었으면 어땠을까 상상해 보았다.

'남은 병사의 목숨을 살릴 것인가, 아니면 나라를 위해 끝까지 싸우다 죽을 것인가? 그런데 남의 나라 땅에서 허무하게 죽는 게 과연 나라를 위한 일일까? 여기서 장렬하게 죽으면 그다음은 어떻게 되는 거지?'

막새의 머리로는 어떤 것이 옳은 결정인지 도저히 판단할 수 없었다. 도원수와 부원수 김경서는 병사들을 한자리에 다 모이게 했다.

"우리 군사가 너무 많이 죽었다. 어떻게 했으면 좋을지 지위와 상관없이 허심탄회하게 의견을 내어 보라."

병사들은 아무 말도 하지 못했다. 그저 겁에 질린 얼굴로 도원수와 부원수의 얼굴을 바라볼 뿐이었다. 그때 누군가 울분에 찬 목소리로 말했다.

"포위망을 뚫고 이곳을 빠져나가면 어떨까요?"

아무도 대답을 하지 않았다.

'산 아래에 3만 명의 적군이 있는데 어떻게 포위망을 뚫을 수 있을까?'

막새는 불가능하다고 생각했다. 다른 병사들도 그렇게 생각하는지 고개를 설레설레 저었다.

"부원수의 생각은 어떻소? 결사항전決死抗戰 죽을 각오로 맞서 싸움의 마음으로 싸울 것인가. 남은 병사들의 목숨을 살리고 훗날을 도모하기 위해 화해할 것인가."

부원수 김경서는 입술을 꾹 깨물더니 천천히 입을 열었다.

"마음 같아서는 싸우고 싶지만, 굶주리고 지친 병사들을 보니 피눈물이 납니다. 남은 병사들은 살아야 하지 않겠습니까?"

"내 생각도 그러하오. 남은 군사는 살아야지요."

도원수의 결정에 누구도 반대하지 않았다. 그저 슬픈 눈으로 서로를 쳐다볼 뿐이었다. 도원수가 침울한 얼굴로 통역관 쪽으로 발걸음을 옮겼다. 그러고는 통역관을 향해 고개를 끄덕였다. 통역관의 말에 따르겠다는 뜻이었다.

"내일 아침, 왕이 있는 성을 향해 출발할 것이오."

통역관이 떠나자, 도원수와 부원수는 병사들을 데리고 산 아래로 내려갔다. 내려가기 전에 땅을 파고 화살과 칼을 비롯한 무기들을 모두 땅에 묻었다. 무기를 후금군에 넘겨주고 싶지는 않았다.

산 아래에는 지난해 10월 창성에 집결해 근 네 달 이상 함께 먹고 함께 자고 함께 생활했던 병사들의 시체가 가득했다. 땅은 병사들이 흘린 피로 붉게 물들었고, 피 냄새를 맡은 새 떼들이 하늘을 가득 덮었다. 곧이어 날짐승들도 몰려올 것이다.

'전쟁은 이렇게 무서운 거였어.'

할아범에게 이야기로 들었던 전쟁과 막새가 눈으로 본 전쟁은 너무나 달랐다. 이야기 속의 전쟁은 전혀 무섭게 느껴지지 않았는데, 실제 전쟁은 끔찍했다. 사람의 목숨이 마치 떨어지는 나뭇잎 같았다.

"땅에 묻어 주지 못하니 자세만이라도 편안하게 해 주고 싶습니다."

막새의 말에 도원수가 말없이 고개를 끄덕였다. 막새는 겹겹이 쌓여 있는 시체들 속을 천천히 걸었다. 창에 찔려 고꾸라진 시체, 팔다리가 잘린 시체, 목이 잘린 시체 등등. 온전한 몸뚱이로 남아 있는 시체는 찾아보기 힘들었다. 처참한 광경에 그저 못 본 척하고 싶었지만 해야 할 일이 있었다. 막새가 한 구 한 구 시체들을 편안한 자세로 뉘어 놓자, 다른 병사들도 말없이 따라했다. 비록 타국이지만 저승길은 편안하게 갔으면 하는 바람이었다.

막새는 시체들 속에서 명수를 애타게 찾았다. 누가 누구인지 알아보기 힘들었지만 그래도 꼭 찾고 싶었다. 김돌 시체도 찾았고, 과거 시험을 보고 싶다는 서얼 박형수의 시체도 찾아냈다. 함께 압록강을 건너고, 웃으며 짐을 나르고, 함께 죽을 먹었던 짐꾼과 노복의 시체도 모두 찾았다. 하지만 명수는 찾을 수 없었다.

"누굴 찾는 거야?"

부원수를 모시는 노복 도끼가 물었다.

"굴마훈."

"굴마훈? 그거 여진 말 같은데?"

"나랑 같은 관아에 살던 형인데 이름을 굴마훈이라고 바꿨어."

"근데 굴마훈이 무슨 뜻이야?"

"토끼."

"아, 그러면 토끼는 굴을 파고 탈출했을 거야."

도끼가 툭 던지는 말을 들으며 막새는 고개를 끄덕였다.

'그래, 명수 형이라면 굴을 파서라도 이 자리를 피해 어떻게든 살아남았을 거야.'

그런 생각이 들자 막새는 마음이 좀 편해졌다.

"너 여진 말 좀 하던데 뭣 좀 물어보자. 후금 왕의 이름이 누르하치잖아. 그건 무슨 뜻이야?"

"멧돼지 가죽이란 뜻이야. 누르하치의 할아버지가 지어 준 이름인데 멧돼지 가죽만큼 질기게 살라는 뜻이래. 이름의 뜻처럼 잘 견뎌서 결국 부족을 통일하여 왕이 되었지."

"아, 그러니까 이름을 잘 지어야 하는데. 도끼가 뭐야, 도끼가! 면천첩 받아 노비 신세 면하면 그럴싸한 이름부터 지으려고 했는데."

도끼가 신세타령을 했다. 막새가 도끼에게 다가가 말했다.

"이름 새로 지으려면 마음 단단히 먹어. 계속 살아남아야지."

"그, 그래. 그래야겠지? 막새야, 네 말에 힘이 난다."

도끼가 눈물을 글썽이며 말했다.

병사들은 누르하치가 있는 성을 향해 길을 떠났다. 며칠째 아무것도 먹지 못한 채였다. 눈앞에 팔기군의 깃발이 펄럭였다. 막새는 가다가 뒤돌아서서 피로 물든 평야를 바라보았다.

'이곳에 다시 오게 될까?'

포로

누르하치에게 항복을 한 후, 도원수와 부원수는 성에서 멀리 떨어지지 않은 곳에 감금되었다. 부하 장수 몇 명과 노복 서너 명이 따라갔다. 나머지 병사들은 성에서 조금 떨어진 농가에 분산되어 감금되었다.

병사들은 끼니는 굶지 않았지만 고향을 그리워하는 마음은 점점 깊어만 갔다. 개중에는 탈출을 시도하는 병사들도 있었다. 도망가다 잡힌 조선 병사는 논두렁과 밭두렁에서 시체로 발견되었다.

'도원수 곁에서 시중을 들게 되어 정말 다행이야.'

막새는 자신이 행운아라고 생각했다. 막새는 다른 노복들과 함께 식사 준비도 하고 도원수 심부름도 하며 바쁘게 지냈다. 보름 정도 지나니 성 주변 지리도 제법 익숙해졌다. 막새는 도원수의 심부름으로 이틀에 한 번 꼴로 외곽 쪽으로 나갔다. 병사들이 잘 있는지 살피는 일이었다. 막새가 여진 말을 할 수 있기 때문이었다.

어느 날, 성 외곽 쪽에서 돌아오자마자 막새는 도원수에게 급히 달려갔다. 도원수가 초췌한 얼굴로 물었다.

"병사들은 잘 있더냐?"

"굶지는 않아 낯빛들이 좋아 보였습니다. 그런데 심상치 않은 소문이 돌고 있사옵니다."

"소문이라니?"

"양반들이 주동이 되어 탈출을 모의하고 있다는……."

"탈출이라고? 탈출하다 잡히면 어떻게 되는 줄 알 텐데. 내가 후금 왕에게 '조선으로 돌아가기를 원하는 병사들은 조선으로 보내 달라.'고 요청하고 있다는 말은 전했느냐?"

"예, 그렇게 전했지만 노비 주제에 나선다고 되레 험한 소리만 들었습니다. 양반 출신 장수들은 여전히 후금은 오랑캐, 명은 아비의 나라라고 믿고 있는 듯했습니다."

"이제는 아무도 내 말을 믿지 않는구나."

도원수가 쓸쓸한 미소를 지으며 읊조렸다. 그런 말을 들을 때마다 막새는 가슴이 아팠다. 막새가 곁에서 지켜본 바로는 도원수는 적을 두려워하는 사람이 아니었다.

"하긴 조선에서는 나를 강로라고 하며 우리 집안을 멸족해야 한다고 상소를 올리고 있다지."

도원수가 씁쓸하게 웃었다.

"강로요? 강로가 무슨 뜻이에요?"

막새는 '로'의 뜻을 몰라 고개를 갸우뚱했다.

"오랑캐를 뜻하는 '로'란다. 그러니까 강씨 성을 가진 오랑캐라는 뜻이지."

"오랑캐라고요? 에이, 그건 정말 아니죠. 장군님이 후금에 항복한 건 병사들을 살리기 위해서인데 그렇다고 오랑캐라고 하면 안 되죠."

막새가 억울한 마음에 두 주먹을 불끈 쥐었다.

"조선의 신하들은 후금을 얕보고 명나라만 섬기려 한단다. 훗날을 내다볼 줄 모르는 거지. 하지만 임금님의 생각은 달라. 임금님은 나에게 한 가지 당부를 하셨지. 관형향배 말이다."

막새가 또 고개를 갸우뚱하자 도원수가 얼른 뜻풀이를 해 주었다.

"지난번에 얘기한 적이 있지 않느냐. 형세를 보아 행동을 결정하라는 뜻이란다. 날로 강성해지는 후금과 적대적인 관계가 된다면 훗날 반드시 침략당할 것이라고 생각하신 거지."

"조선은 후금과 명나라에 끼어 있는 나라니까 처신을 잘해야 한다는 뜻이군요."

"흠, 끼어 있는 나라라고? 정확한 표현이구나."

"관아에 있을 때, 할아범에게 임금님의 세자 시절 얘기를 듣고 자랐어요. 한 번도 뵙지 못했지만 멋진 임금님이시네요."

"막새야, 곧 임금님을 뵐 날이 올게다."

"예? 그게 무슨 말씀이세요?"

막새의 물음에 도원수는 아무 대답도 하지 않았다. 그러면서 막새에게 가까이 오라고 하더니 들릴락 말락 한 작은 소리로 말했다.

"내 비록 포로가 되어 움직일 수 없는 형편이지만, 조선을 위해서 끊임없이 후금에 대한 정보를 캐고 있단다."

막새는 그런 도원수의 얼굴을 바라보며 그동안의 일을 생각해 보았다.

'예순을 바라보는 나이에 위험을 무릅쓰고 정보를 캐고 계신다니. 나는 조선을 위해서 아무 생각도 하지 않았는데……. 포로가 되었어도 굶지 않게 되었다고 좋아라 했는데…….'

막새는 얼굴이 화끈 달아올랐다. 부끄러운 생각이 들었다. 그때였다. 부원수가 급히 달려오며 외쳤다.

"장군님, 장군님! 큰일 났습니다!"

부원수의 얼굴은 사색이 되어 있었다.

"농가에 감금되어 있는 장수들과 병사들이 탈출을 시도하다 발각되었다고 합니다."

"휴우, 염려하던 일이 결국 벌어졌구나."

도원수가 긴 한숨을 내쉬었다.

"막새야, 내 전갈을 줄 테니 후금 장수에게 얼른 전달하렴. 전후 상황도 자세히 알아보고."

도원수는 급히 편지 한 장을 써서 막새에게 쥐어 주었다.

성 외곽 민가에 도착해 보니 상황은 아주 심각했다. 5천여 명 정도 되는 장수와 병사들이 모두 끌려 나와 땅바닥에 엎드려 있었다. 헐레벌떡 달려온 막새도 얼떨결에 엎드렸다. 후금 장수는 첫인상이 무척 강해 보였다.

"나는 후금 장수 아라나다. 우리의 왕 누르하치의 명을 받고 이곳에 왔다! 너희들 중 양반 출신은 모두 일어서라."

그때 누군가 앞으로 나와 후금 장수의 말을 통역했다. 얼굴이 까무잡잡하고 홀쭉한 몸매를 가진 후금 병사였다.

'어디서 많이 본 얼굴인데?'

잠깐 고개를 갸웃했지만 지금 그것을 따질 때가 아니었다. 막새는 도원수가 건네준 편지를 만지작거렸다. 때를 보아 후금 장수에게 전해야 할 것이다. 조선 병사들 중 양반 출신들이 일어났다. 대략 사오백 명 정도 되는 것 같았다.

"우리의 왕 누르하치가 양반 출신들을 모두 죽이라는 명령을 내렸다. 너희는 양반이라는 지위를 이용해 탈출을 모의했고 다른 병사들까지 합류시켰다."

통역을 맡은 후금 병사가 신이 나서 말을 전했다.

"너희들을 모두 사형에 처할 것이다!"

후금 장수의 말이 끝나자마자 막새는 도원수가 준 편지를 꺼내들고 앞으로 튀어 나갔다. 빨리 편지를 후금 장수에게 전해야 한다는 생각뿐이었다. 앞으로 달려 나가는 막새를 후금 병사들이 창으로 막았다.

"네 녀석이 감히……."

후금 장수 아라나가 눈을 치켜 떴다. 늑대의 눈처럼 매섭고 날카로워서 막새는 순간 움찔했다.

"저, 저는 도원수 님의 노복이옵니다. 장군님의 서찰을 갖고 왔습니다."

막새가 여진 말로 말하자, 아라나의 매서웠던 눈빛은 놀란 눈빛으로 바뀌었다.

"여진 말을 하는 조선 노복이라? 아주 흥미롭군."

아라나가 서찰을 받아 들고 막새를 흘깃 쳐다보았다.

"네 이름이 뭐냐?"

"막새라고 하옵니다."

막새를 흥미롭게 바라보던 아라나가 장군의 서찰을 읽기 시작했다.

"흠. 조선군은 후금에 대해 아무 원한이 없으며, 탈출 모의는 고향이 그리워 충동적으로 한 행동이니 부디 용서하시고 죄를 감해 달라?"

그러자 통역을 맡았던 후금 병사가 싸늘한 목소리로 말했다.

"아라나 장군님, 그 말을 믿지 마소서. 조선의 양반이란 자들은 앞에서 하는 말과 뒤에서 하는 말이 다른 자들입니다. 이런 파렴치한 행동을 일삼고 있지요. 도원수의 말에 넘어가시면 절대 안 되옵니다."

그 순간, 막새는 후금 병사를 보고 소스라치게 놀랐다.

"형, 명수 형 맞지?"

죽은 줄 알았던 명수가 틀림없었다. 막새가 달려가 손을 잡자, 후금 병사가 매섭게 노려봤다.

"당신은 우리와 같은 조선 사람이니 고향을 그리워하는 우리 심정을 잘 알지 않소?"

장수 한 명이 큰 소리로 외쳤다. 명수가 그 장수를 쏘아보며 조선말로 말했다.

"당신들은 양반이고 나는 어미가 노비라 태어날 때부터 노비

였소. 조선에서 노비는 사람이 아니오. 그리고 다시는 나를 조선 사람이라고 부르지 마시오. 나는 후금 병사 굴마훈이오."

막새는 명수에게 다가가 사정했다.

"형, 제발 살려 줘. 저 후금 장수에게 잘 말해서 꼭 살려 줘."

그러자 명수가 아라나에게 다가가 귓속말을 했다. 아라나가 흡족한 듯 미소를 지었다.

"일을 신속히 처리하고, 저 아이는 내 집으로 데려오게나."

아라나가 막새를 향해 손짓했다.

다시 만난 모린

 성 안에 자리한 후금 장수 아라나의 집은 크고 화려했다. 막새가 살던 관아보다 몇 배나 크고 넓었다. 아라나는 막새에게 새 옷을 내어 주고, 음식을 성대하게 차려 주었다.
 "아무리 봐도 내 막냇동생이 살아 돌아온 것 같아."
 후금 장수 아라나가 막새를 요리조리 뜯어보았다.
 "어떻게 이렇게 똑 닮을 수가 있지?"
 막새는 아라나의 이런 태도가 그저 어리둥절했다. 성대한 대접을 받으면서 속으로 이리저리 머리를 굴렸다.
 '할아범이 '호랑이 굴에 들어가도 정신만 차리면 산다.'고 했어. 일단 아라나의 비위를 맞추고 신임을 얻어야 해.'
 막새는 용기를 내어 궁금한 걸 물어보았다.

"장수님의 막냇동생은 어떤 분이셨나요?"

"호랑이처럼 용맹한 무사였지. 그런데……."

아라나는 뒷말을 채 잇지 못했다. 생각만으로도 괴로운 모양이었다.

"너를 내 곁에 두고 싶구나."

잠시 후, 명수와 우락부락한 얼굴의 몇몇 장수들이 아라나의 집으로 왔다.

"장수님, 탈출 모의자들을 모두 해치웠습니다."

아라나가 흡족한 미소를 띠며 명수를 바라보았다.

"굴마훈, 너의 충성을 잊지 않으마."

아라나는 커다란 보석함을 열더니 은 한 덩이를 꺼내 명수에게 주었다. 그걸 보는 막새의 눈이 동그래졌다. 저만한 크기의 은이라면 무엇이든 살 수 있었다.

"나는 오늘 일을 왕께 보고하러 다녀오마."

아라나는 장수들과 함께 왕이 있는 성을 향해 말을 몰았다. 명수와 단둘이 있게 되자, 막새는 조선말로 이야기를 시작했다. 여진 말보다는 조선말이 편했다.

"형, 어떻게 된 거야? 내가 부차평야에서 형 시체를 찾으려고 얼마나 헤매고 다녔는지 알아?"

명수가 투정 부리듯 말하는 막새를 귀여운 듯 바라보았다.

"넌 내가 그렇게 쉽게 죽었을 거라고 생각했냐? 나는 그렇게 쉽게 죽지 않아. 아무튼 네 팔자는 지금부터 핀 거야."

"뭔 소리야?"

막새가 명수를 쩨려보았다.

"아라나에게 잘 보여. 그러면 이 나라에서 떵떵거리며 잘살 수 있어."

"후금 사람이 되란 말이지?"

"우리 같은 처지에 조선 사람이면 어떻고 후금 사람이면 어때! 너는 조선에 뭔 미련이 그렇게 많으냐? 조선이 너에게 해 준 게 뭐가 있다고."

"엄니 아부지는 나에게 생명을 줬고, 할아범은 나를 거두어 키워 주었잖아. 그리고……."

막새가 잠시 말을 끊었다. 명수가 실실 웃으며 막새를 바라보았다. 할 말 있으면 다 해 보라는 얼굴이었다.

"탈출하려고 했던 양반들을 굳이 죽일 필요가 있었어?"

"말했지? 양반들은 나의 원수라고."

"아무리 그렇다고 해도 한두 사람도 아니고 그 많은 사람을 죽이다니."

막새가 원망의 눈초리로 바라보자, 명수가 의기양양한 태도로 말을 이었다.

"나머지도 다 죽을 수 있었어. 왕이 다 죽이라고 했거든. 근데 내가 주모한 사람만 처치하자고 아라나 장군에게 제안해서 그나마 양반들 사오백 명만 죽은 거야."

막새는 조선에서의 명수를 떠올려 보았다. 노비 신세를 벗어나려 부단히 노력했던 명수. 현감이 시킨 일을 했을 뿐인데 그 죄를 몽땅 뒤집어쓰고 죽을 정도로 심하게 곤장을 맞은 명수. 면천첩을 주겠다던 현감은 은산에서 부풀린 재산으로 한양에 가 더 높은 관직을 받았다고 했다. 막새가 생각해도 정말 불공정한 세상이었다. 물론 현감의 말에 속아 곡식과 인삼, 약초를 빼돌린 명수가 잘했다는 건 아니다. 그래도 명수가 이렇게까지 양반에 대해 복수를 할 줄은 몰랐다.

"형은 조선으로 안 돌아갈 거야?"

막새의 말에 명수가 콧방귀를 뀌며 말했다.

"쳇! 조선의 '조' 자만 들어도 경기가 일어나고 양반의 '양' 자만 들어도 화가 치솟아. 조선 쪽으로는 고개도 돌리고 싶지 않아."

명수가 막새 앞으로 바짝 다가와 으르렁거렸다.

"그리고 다시 말하는데 앞으로 굴마훈이라고 불러. 나는 이제 후금 사람이야. 조만간 통사가 될 몸이라고!"

명수는 그렇게 말하고는 뒤도 안 돌아보고 아라나의 집을 나갔다. 하녀가 따끈한 차와 간식을 내왔지만 막새는 손도 대지 않았다.

한참 시간이 흐른 후였다. 말 울음소리와 함께 떠들썩한 소리가 들렸다. 성으로 들어갔던 아라나가 돌아온 것이다. 아라나가 말에서 내리자 함께 온 손님도 말에서 내렸다. 머리부터 발끝까지 갑옷으로 무장한 사람이었다. 막새는 투구 뒤에서 까맣고 긴 머리가 나풀거리는 것을 보았다.

'머리가 긴 걸 보니 여자인가? 여자도 갑옷을 입을 수 있다고 하더니……'

도원수의 말에 의하면 팔기군에서는 누구나 병사가 될 수 있고 잘하면 장군까지 될 수 있다고 했다. 조선에서는 있을 수 없는 일이었다. 막새는 신기한 듯 창밖 광경을 바라보았.

아라나는 갑옷 입은 여자를 정중하게 대했다. 거친 아라나가 저렇게 정중하게 대하는 걸 보면 분명 지위 높은 집안의 여식인 게 분명했다.

잠시 후, 아라나가 막새를 불렀다. 막새는 고개를 숙인 채 두 사람 앞에 섰다.

"모린, 이 아이를 보니 생각나는 거 없어?"

'모린? 설마 내가 아는 그 모린은 아니겠지. 세상에는 똑같은 이름이 많으니까.'

막새는 그렇게 생각했다. 아라나가 막새를 보며 말했다.

"고개 들어 인사 올려라. 내 막냇동생과 약혼했던 여인이야. 타스하가 죽지 않았다면 우리 가족이 되었을 텐데……."

아라나의 말에는 죽은 동생에 대한 그리움이 가득 묻어 있었다. 막새가 정중하게 인사를 하자, 갑옷 입은 여자가 머리에 쓴 투구를 벗었다.

'앗, 모린 누나? 진짜 모린 누나잖아!'

막새는 깜짝 놀라 두 눈을 크게 떴다. 하지만 얼른 원래의 얼굴로 돌아갔다. 왠지 그래야 할 것 같았다. 모린도 막새를 보고 똑같이 놀란 것 같았다. 그런 모린의 얼굴을 본 아라나가 껄껄 웃었다.

"모린, 모린도 그렇게 생각했지? 타스하와 너무 똑같아서 모린도 놀랄 거라고 생각했어."

막새는 혹시나 잘못 보았을지도 모른다고 생각하면서 모린을 뚫어지게 바라보았다. 모린이 틀림없었다. 은산 관아에서 함께 놀고 함께 지냈던 모린. 교역소에서 샀다면서 나무 말을 건네주었던 모린. 일 년 사이에 모린은 키가 더 커진 듯했다.

모린은 막새를 가리키며 차갑게 말했다.

"여진 말을 잘하는 조선 노비가 있다더니 바로 이자이군요."

막새는 순간 섭섭한 마음도 불끈 솟아났다. 모르는 척하는 것도 모자라 불온한 사람을 만나기라도 한 듯 '이자'라고 했다.

"아라나 님, 이자는 타스하를 닮긴 했지만 타스하와는 전혀 다릅니다."

모린의 말투는 여전히 싸늘했다.

"물론 타스하는 아니지. 하지만 사랑하는 내 동생과 너무 닮아 당분간 가까이 두려 한다."

아라나의 말에 모린이 고개를 끄덕였다.

"타스하를 잃은 슬픔이 조금 감해진다면 그렇게 하시지요."

아라나가 모린을 자랑스럽게 바라보며 말했다.

"모린, 우리는 왕과 함께 북관北關 함경도의 다른 이름의 두 성을 함락하러 출정할 것이다. 너의 기량을 뽐낼 때가 왔다."

"장수님, 명을 따르겠습니다!"

모린은 아라나에게 고개를 숙이며 인사를 했다. 아라나는 부하 장수들과 작전 회의를 한다면서 별채 건물로 건너갔다. 기다란 탁자를 사이에 두고 막새와 모린 둘만 남았다.

"무두리 아저씨는?"

막새는 아버지 같았던 무두리를 떠올렸다. 무두리라는 말을 듣는 순간, 모린의 두 눈이 흔들렸다.

"아버지는 죽었어. 그때 현감의 손아귀에서 벗어나려고 향화인 부락을 빠져나왔고 우리는 압록강을 향해 가던 중이었어. 현감이 보낸 사수는 아버지의 등에 화살을 날렸어. 아버지는 강에 빠져 죽었고."

'그랬구나. 무두리 아저씨가 죽었구나. 통일된 나라에서 동족들과 평화롭게 살고 싶어 했던 무두리 아저씨. 통일된 나라에 가 보지도 못하고 그렇게 허망하게 죽었다니.'

막새에게 여진 말을 가르쳐 주고, 다정한 눈빛으로 바라봐 주었던 무두리 아저씨였다. 막새는 눈물을 참으려고 두 눈을 꼭 감았다.

"강을 건너고 나서 요동 땅을 지나던 중에 명나라 군사를 만났어. 내가 여진족이라는 것을 알아채고 죽이려던 찰나, 타스하와 후금 군대가 나타났어. 타스하는 내 목숨을 구해 준 은인이야."

"그래서 약혼까지 했던 거야?"

막새가 퉁명스럽게 물었다.

"타스하는 너와 닮은 점이 많았어. 생김새도 그렇고 마음 씀씀이도 그렇고. 계속 아라나의 곁에 있으면 너도 후금 병사가 되어서 조선 병사와 싸워야 해."

"조선과 후금은 원한 관계가 아니라고 했어. 장군님이 분명히 그렇게 말했어. 그런데 조선이 왜 후금과 싸워야 해?"

"조만간 그렇게 될지 모르니 잘 생각하라는 얘기야. 난 네가 후금 병사가 되지 않았으면 해."

"그럼 나더러 어떡하라는 거야? 여길 벗어날 수 있는 신세가 아니잖아!"

막새가 답답한 마음에 소리를 버럭 질렀다.

"난 내 나라를 위해 끝까지 싸울 거야. 그러니까 넌 네 나라를 위해 싸워."

"싸우라고? 포로 신세인데 싸우라고? 어떻게?"

막새의 목소리가 또 높아졌다. 그러자 집안일을 하는 하녀가 무슨 일인가 하여 뛰어나왔다.

"그건 네가 고민해야 할 일이지."

모린은 알 수 없는 말을 자꾸만 했다.

"네가 염알이꾼이 되는 방법도 있어."

"염알이꾼? 남의 말을 엿듣는 사람이 되라고! 그런 나쁜 일을 하라고!"

"그게 왜 나쁜 일이야?"

모린은 그 말을 끝으로 입을 꾹 다물었다. 모린이 도대체 왜 그러는지 알 수 없어 막새는 답답했다. 막새는 갑자기 품속의 나무 말이 생각났다.

"이건 왜 준 건데?"

막새가 품속에서 나무 말을 꺼냈다. 전쟁터에서도 잃어버리지 않으려고 소중히 간직했던 것이다. 모린의 얼굴이 잠깐 흔들리는 듯했다.

"그 말을 아직도 갖고 있었구나. 난 조선을 떠나면서 강물에 던져 버렸는데."

그 말에 막새는 억장이 무너지는 듯했다.

염알이꾼

 눈 깜짝할 사이에 육 개월이라는 시간이 흘렀다. 여름이 물러 나고, 그 자리에 시원한 가을이 들어앉았다. 어느덧 이곳 생활에 적응한 막새는 아라나의 집에 머물며 아라나가 아끼는 말을 돌보며 지냈다. 아라나는 뭐든지 열심히 하고 잘 해내는 막새를 만족스러워했다.
 아라나는 집에서 부하 장수들과 수시로 회의를 했다. 그 회의에 모린은 자주 참석했다. 명수는 가끔 얼굴을 비추었다. 명수는 자신이 곧 후금의 통사가 되어 조선에 갈지도 모른다며 거들먹거렸다.
 어느 날, 막새는 성을 나와 외곽 쪽으로 걸어갔다. 아라나의 심부름이었다. 아라나는 포로들에 대한 감시를 늦추면 또 탈출

모의를 할 수 있다며 살펴보고 오라고 했다. 그러면서 막새에게 이렇게 말했다.

"또다시 예전과 같은 일이 일어난다면 왕은 나를 능력 없는 장수로 보게 될 것이다."

지난번 사건으로 양반들 사오백 명이 죽고 나서 조선 병사들은 기가 팍 죽어 있었다. 막새는 병사들과 스스럼없이 대화를 나누었다. 아라나의 막냇동생과 똑 닮았다는 이유로 아라나의 집에서 호강하며 살고 있다고 말하니, 병사들이 너도나도 한마디씩 했다.

"막새야, 네가 부럽다."

"그동안 못 먹었으니 닥치는 대로 먹어 둬."

"근데 도원수 님이 자리에 누우셨다는 소문이 있던데?"

누군가의 말에 막새가 화들짝 놀라 물었다.

"많이 아프신 건가? 그동안 한 번도 앓아누우신 적이 없는데."

"그러게 말이야. 이러다 돌아가시는 거 아냐?"

"재수 없는 소리 하지 말라고!"

누군가 퉁바리를 줬다. 하지만 병사들은 여전히 불안한 듯 수런수런 대화를 나눴다.

"그러면 우리는 어떻게 되는 거지? 여기 감옥에서 죽을 때까지 있어야 하나?"

"우리는 도원수 님만 믿고 있는데 말이야. 도원수 님이 그랬잖아. 꼭 조선으로 돌아가게 해 주겠다고, 그러니 잘 견디라고 하셨잖아."

'나는 그런 줄도 모르고……'

막새는 죄책감을 느꼈다. 막새는 부리나케 아라나의 집으로 돌아왔다. 성에서 돌아온 아라나는 모린과 함께 정원을 거닐고 있었다. 막새는 아라나의 앞으로 달려가 무릎을 꿇었다.

"도원수 님이 병석에 누워 계시다고 합니다."

"그래서?"

아라나가 못마땅한 목소리로 물었다.

"그분은 내일 돌아가신다 해도 이상하지 않을 나이입니다. 아라나 장수님, 너른 아량을 베푸시어 그분의 간호를 허락해 주십시오."

아라나는 두 눈썹을 찡그리더니 잠시 생각에 잠겼다. 그러자 모린이 작은 목소리로 말했다.

"우리는 배신이 난무하고 자기 이익만 생각하는 사람들에 둘러싸여 있습니다. 이자는 장차 후금 병사가 갖추어야 할 미덕 가운데 하나인 의리를 갖추고 있군요."

"모린이 그렇게 생각한다면 그렇게 해야지 뭐."

아라나가 못마땅한 얼굴로 몸을 홱 돌려 집 안으로 들어갔다. 허락한다는 뜻이었다. 모린은 말린 생강 한 줌을 내주었다. 생강은 조선에서는 구하기 힘든 약재였다.

막새는 성 밖을 나와 도원수가 억류되어 있는 건물로 갔다. 도원수의 몸은 눈에 띄게 수척해져 있었다. 도원수는 막새를 반갑게 맞이했다.

"어서 오너라. 얼굴 보니 잘 지내고 있구나."

"예, 저는 좋은 곳에서 잘 먹고 잘 자고 잘 지내고 있습니다. 그런데 장군님은 이게 뭡니까? 제가 없는 자리에 다른 녀석을 떡하니 데려다 놓고 있으니."

"다른 녀석이라니?"

도원수가 두 눈을 크게 떴다.

"그 '고'라는 성에 '뿔'이라는 이름을 가진 녀석 말입니다."

막새의 너스레에 장군이 빙그레 미소를 지었다. 막새는 마른 생강을 약탕기에 넣고 푹푹 끓였다. 생강 냄새가 온 집안을 가득 채웠다.

"네가 없으니 이야기 나눌 사람도 없고, 잠도 안 오고."

도원수는 녹진하게 달인 생강차를 마시며 지난 이야기를 들려주었다.

"난 그동안 후금 왕에게 포로들을 조선으로 보내 주십사 끊임없이 간청했다. 하지만 아직까지도 아무 진전이 없으니 어떡하면 좋겠느냐?"

막새는 도원수를 보며 생각에 빠졌다.

'난 아무 생각도 없이 그저 하루하루 살고 있다. 하지만 장군님은 병사들의 안위와 생존을 늘 걱정하고 있었다. 그게 높은 자리의 무게구나.'

막새는 도원수를 좀 더 자주 찾아뵙겠다고 결심했다.

지난여름 동안 아라나와 모린은 명나라 북관의 두 성을 휘몰아치듯 격파했다. 그 일로 두 사람은 왕의 신임을 받았다. 막새는 하녀들이 음식을 준비하는 부엌에서 주로 불을 때는 일을 했다. 마구간 청소를 하고 말을 목욕시키거나 털을 손질하는 일도 했다. 무엇이든 할 수 있는 일은 두 팔 걷어붙이고 열심히 했다.

아라나는 왕을 만나고 온 날에는 기분이 좋아 장수들과 함께 잔치를 벌이곤 했다. 그럴 때마다 모린은 다른 날과 다르게 흥분한 듯 말이 많아졌다.

"장군님, 오늘 왕과 회의했던 것 기억나시죠?"

"암, 암! 기억나고말고!"

아라나가 기분 좋게 대꾸했다.

"막냇동생과 결혼했다면 내 제수가 됐을 텐데."

아라나는 술만 먹으면 그 얘기를 했다. 동생이 죽었어도 모린을 가족이라고 여겨 아끼는 듯했다.

"다음번에는 요동과 남부 지방을 공격할 거라고 선언했지요."

모린의 말에 아라나가 대답했다.

"그런데 홍타이지가 반대했잖아."

"홍타이지가 왕의 첫째 아들이던가요?"

"아니지, 둘째지. 첫째 다이산은 아버지 의견에 무조건 찬성하는 쪽이고 둘째 홍타이지는 자신의 생각을 거침없이 말하는 아들이지."

"홍타이지가 반대한 이유가 뭐였죠? 그때 하도 격렬하게 토론하느라 정신이 쏙 빠져 버렸어요."

"조선을 그대로 둔 채 요동을 치면 위험하다고 하면서 조선을 먼저 쳐야 한다고 강력하게 주장했잖아."

"아, 그랬죠? 조선을 먼저 쳐야 한다고 그랬죠?"

모린이 큰 소리로 말했다. 음식을 나르고 빈 접시를 치우면서 막새는 고개를 갸우뚱했다.

'모린 누나가 왜 이렇게 흥분하는 거지?'

그러면서 막새는 왕과의 회의에서 있었던 이야기들을 듣고 싶지 않아도 다 듣게 되었다. 모린이 방금 전에 한 말을 곰곰 생각해 보았다.

'요동이라면 압록강 건너인데 그쪽을 치기 전에 조선을 먼저

치겠다고?'

그때 모린이 또 목소리를 높였다.

"그러니까 홍타이지가 조선을 침략할 준비를 하고 있다는 거죠?"

모린이 묻자, 아라나가 신이 나서 대답했다.

"홍타이지가 자신 있게 말했잖아. '조선은 내가 잘 안다. 조선은 명나라 때문에 우리와 화친和親 나라와 나라 사이에 다툼 없이 가까이 지냄을 하지 않으려고 하지. 그러니까 조선과 화친을 하려면 먼저 전쟁을 한 뒤에 해야 한다. 그 방법밖에 없어.' 하고 말이야."

아라나는 홍타이지가 한 말을 정확하게 기억하고 있었다.

"지금 우모령 인근 마을에서는 긴 사다리를 만들고 있어. 사다리는 성을 함락할 때 요긴한 물건이거든."

아라나의 목소리도 덩달아 높아졌다. 막새는 부엌으로 돌아와 모린의 행동에 대해 하나하나 따져 보았다.

'모린 누나는 크게 말하지 않는다. 늘 조곤조곤 속삭이듯 말한다. 그런데 모린은 성에 다녀온 날이면 부엌에 있는 내가 들으라는 듯 크게 말한다.'

그때 모린의 말이 떠올랐다.

"네가 염알이꾼이 되는 방법도 있어."

모린이 했던 다른 말도 떠올랐다.

"나는 조선과 후금이 싸우는 걸 원하지 않아. 후금은 생각한 것보다 훨씬 강한 나라야. 후금의 정세를 조선의 임금님이 알았으면 좋겠어."

막새는 모린의 생각을 알아차렸다.

'후금의 정세를 장군님에게 전해야 해.'

조선으로 가는 길

가을이 깊어 가고 있었다. 나무들이 울긋불긋 옷을 갈아입는 시기에 좋은 소식이 들려왔다. 후금의 왕이 드디어 조선 병사들을 조선으로 돌려보낸다는 소식이었다.

"왕의 마음이 왜 변했을까요?"

막새가 고개를 갸웃하자 도원수가 막새에게 가까이 오라고 했다. 그런 뒤 은밀한 목소리로 말했다.

"그동안 임금님께서 은밀하게 은을 보내 주었다. 나는 그 은을 후금 왕과 장수들에게 바쳤다."

"아, 그래서 포로들을 풀어 주겠다는 거군요."

막새는 예전에 아라나가 명수에게 은 덩이를 내주던 장면이 떠올랐다.

'그게 다 조선에서 온 거였구나.'

막새는 오랜만에 병사들을 만나러 갔다. 철책으로 빙 둘러친 건물로 들어가니 병사들이 옹기종기 모여 심각하게 이야기를 나누고 있었다.

"나는 그냥 여기 남을 거야. 조선이나 후금이나 사는 건 마찬가지지 뭐."

한 병사의 말에 다른 병사가 맞장구를 쳤다.

"맞아. 가면 뭐하겠어? 우리를 역적이라고 하는데."

그러자 또 한 병사가 분에 못 이겨 소리를 질렀다.

"항복했다는 이유로, 살아남았다는 이유로 역적이라고! 무슨 말 같지 않은 소리야!"

"그러니까 말이야. 목숨 걸고 전쟁에 나온 우리를 그렇게 몰아세우는 게 말이 되는 소리야!"

또 한 병사가 맞장구를 쳤다.

"난 그래도 갈 거야. 죽어도 고향에 돌아가서 죽을 거야."

잔뜩 풀이 죽은 목소리였다. 막새는 병사들의 말을 들으며 고민에 빠졌다.

'나는 어떡해야 하지? 가야 하나, 말아야 하나. 여기에는 모린이 있고, 조선에는 할아범이 있다.'

도원수는 막새가 갈 때마다 달여 준 생강차를 마시고 기운을

차렸다. 막새는 아라나의 집에서 일하며 장수들이 주고받은 이야기를 도원수에게 상세하게 전했다.

"그런 것들이 내가 알아내려던 중요한 정보란다. 그나저나 임금님께 빨리 알려야 할 텐데."

도원수는 막새가 전해 준 정보들을 종이에 깨알같이 적었다. 홍타이지가 누르하치에게 건의한 내용과 장수들의 동태 등을 상세하게 적은 종이였다.

"이 밀지에 적힌 내용을 보고 임금님께서 명나라와 후금 두 나라 사이에서 현명한 외교를 펼쳐 나갈 거라 생각한다."

"이렇게 갖고 가면 들킬 염려가 많으니 종이에 기름을 먹여 배배 꼬아서 노끈으로 만들면 어떨까요?"

"좋은 생각이다. 혹시 모르니 여러 개 만들어 보자. 혹시 잃어버릴 경우를 대비해서."

"그 노끈을 말안장 밑에 넣으면 안전할 것 같아요."

막새는 도원수가 건네준 종이에 기름을 먹여 잘 말렸다. 기름을 먹였을 때는 글씨가 잘 안 보이더니 바짝 말리니까 먹으로 쓴 글씨가 잘 보였다. 그런 다음 종이를 손바닥에 놓고 새끼 꼬듯 돌돌 말았다. 새끼 꼬는 건 늘 하던 일이어서 쉽게 할 수 있었다.

"난 네가 조선으로 갔으면 좋겠다."

도원수의 말에 막새가 걱정스러운 눈빛으로 말했다.

"아라나가 보내 줄까요?"

"아마 보내 줄 거다. 왕이 명령한 일이고 네가 원한다면 그도 따를 수밖에 없을 거야."

도원수의 말에 막새는 한참 고민을 했다. 아라나가 보내 주기만 한다면 조선으로 돌아가고 싶었다.

그런데 막새가 조선으로 돌아가고 싶다고 말하자, 아라나의 낯빛이 단번에 변했다.

"내가 너를 서운하게 한 적이 있었더냐?"

"아니옵니다. 장수님은 제게 하늘 같은 은혜를 베풀어 주셨습니다."

"그런데 왜 조선으로 가려는 거냐?"

"이번에 가게 되면 저는 면천이 됩니다. 면천이 되는 게 제 꿈이었습니다. 면천이 되어 여진 통사가 되는 것도 꿈이었고요."

아라나가 실망한 낯빛을 풀지 않고 계속 물었다.

"여기서도 통사가 될 수 있는 길은 있다. 굴마훈을 보아라."

"굴마훈은 조선으로 돌아갈 이유가 없지만 저는 있습니다."

"그게 뭔데?"

"부모 잃고 다 죽어 가는 저를 키워 준 할아범을 만나야 합니다."

"흥! 그놈의 의리 때문에?"

아라나는 막새의 말을 무시하며 자신의 고집을 꺾으려 하지 않았다. 그때 듣고만 있던 모린이 나섰다.

"아라나 님, 좋은 생각이 있습니다."

"뭣이냐?"

"이자를 염알이꾼으로 이용하는 겁니다."

"염알이꾼이라고?"

"예, 조선으로 보내 조선의 자세한 상황을 알아 오라고 하면 우리가 조선을 칠 때 유리하지 않겠습니까?"

아라나가 한참 생각을 하더니 고개를 끄덕였다.

'휴우.'

막새는 속으로 긴 한숨을 쉬고 모린에게 고맙다는 의미로 고개를 끄덕였다. 모린은 아무 일도 없었다는 듯 자리를 떠났다.

11월이 되어서야 조선으로 떠날 병사들이 결정되었다. 모두 합해 오십여 명에 불과했다. 병사들을 인도할 장수가 앞에 나섰다.

"나와 함께 조선으로 떠나자. 도원수가 너를 노복으로 추천하셨다."

막새는 장수가 타고 가야 할 말을 마구간에서 꺼내 오면서 안장에 노끈으로 위장한 밀지를 숨겼다.

막새는 아라나의 집으로 가서 명수와 작별 인사를 했다. 아라나는 성으로 들어가 왕을 알현하고 있다고 했다.

"우리 조만간 만나게 될 거야. 나는 후금의 통사가 되어 조선 침략에 앞장설 거거든."

"형, 제발 그런 일은 없었으면 해."

그러자 명수가 기분 나쁘게 키득키득 웃었다.

"모린 누나는?"

막새가 집 안을 두리번거렸다.

"모린은 병사들을 이끌고 우모령으로 떠났어. 사다리 만드는 일을 지휘한다나 뭐라나. 아무튼 모린도 참 별나. 평범한 여자로 살면 편안할 텐데 뭣 때문에 저러는지 모르겠어."

명수는 모린에 대한 미련을 숨기지 않았다.

막새가 떠나는 다음 날 아침까지도 모린은 나타나지 않았다. 막새는 모린과 끝내 작별 인사를 하지 못했다.

'나는 후금의 염알이꾼이 아니고 조선의 염알이꾼이다. 임금님께 반드시 이 밀지를 전해야 한다. 임금님이 외교를 잘할 수 있도록 도와야 한다.'

막새는 조선 병사들과 함께 걷고 또 걸었다. 그러다 보니 부차평야에 이르렀다. 조선 병사들이 몰살을 당한 곳이었다. 그때 허무하게 죽은 병사들을 생각하니 가슴이 아려 왔다.

'이곳에 다시 왔구나.'

막새는 벌판에 서서 구불구불 길게 뻗은 우모령을 바라보았다. 그때 갑자기 누군가가 소리쳤다.

"후금군이 나타났다!"

병사 하나가 두려움에 떨며 고개 너머를 가리켰다. 말 한 마리가 우뚝 서 있었다. 막새는 고개 너머로 사라지는 말과 함께 긴 머리가 나풀거리는 것을 보았다.

'모린 누나, 언제 만날 수 있을지 모르겠네. 아무쪼록 전쟁터에서 조선 병사와 후금 병사로 만나지 말기를…….'

막새는 포로가 되어 힘겹게 걸어갔던 그 길을 지금 거꾸로 가고 있다. 멀고 험난한 길이 될 것이다.

| 작가의 말 |

소년병, 염알이꾼 막새를 소개합니다

좋은 글을 쓰기 위해 늘 끊임없이 역사 강의를 듣고 있어요. 그때마다 내가 알고 있는 역사 지식이 얕고, 가볍고, 속이 비었다는 것을 깨닫고는 했어요. 그 순간 한없이 부끄러워 얼굴이 빨개지지요.

어느 때부터인가 조선 미시사微視史에 푹 빠졌어요. 미시사란 '거시적인 역사적 구조보다는 인간 개인이나 소집단의 삶을 탐색하는 역사 연구의 방법론 또는 그렇게 탐색되어 기술된 역사'라는 뜻이에요. 거대한 역사의 물줄기를 만드는 것은 결국 작은 물줄기들이라는 생각이 들었어요. 그런 면에서 인간 개인이나 소집단의 삶을 탐색하는 작업은 참으로 매력적인 역사 탐구 방법이지요.

조선 미시사를 공부하다 만난 것이 '조선을 사랑한 스파이'였어요.

'스파이라면 드러나지 않은 조선의 적이 분명할 텐데 역설적이게도 조선을 사랑한다고? 이게 무슨 이야기일까?'

궁금증에 닥치는 대로 자료를 찾아 읽어 보았어요. 조선을 사랑한 스파이는 바로 '강홍립'이었지요.

《광해군 일기》 중초본 127권, 광해 10년1618년 윤4월 27일의 기록을 보면, 그 당시 명나라로부터 서신 한 통이 날아왔어요. 내용은 아주 간단했지요. 명나라가 대병을 일으켜 누르하치가 세운 후금을 공격할 터이니, 조선도 병사를 보태 협력하라는 내용이었어요.

조선 조정으로서는, 그러니까 당시 조선의 임금이었던 광해군으로서는 난감할 따름이었어요.

명나라는 임진왜란 때 도와준 것을 얘기하며 파병을 요구했어요. 의리와 명분에 죽고 못 살던 조선 대신들은 어려울 때 부모를 돕는 것은 자식의 도리라며 광해군을 압박했지요. 이때 광해군이 내놓은 것이 '시간 끌기' 전략이었어요.

"조선에서 군대를 파병하면 그 틈에 왜놈들이 다시 조선에 쳐

들어올 수 있다."

"임진왜란 때 조선군의 실상을 보지 않았는가? 군대를 보내도 군량만 축낼 것이다."

"임진년에 난리를 겪은 탓에 나라가 가난하다. 군사를 일으킬 수준이 못 된다."

그러자 명나라는 발끈하며 이렇게 협박했어요.

"임진년의 재조지은再造之恩 거의 망하게 된 것을 구원하여 도와준 은혜을 잊지 말라. 계속 이렇게 나온다면, 누르하치를 치기 전에 너희를 먼저 칠 것이다."

상황이 이렇게 돌아가자 광해군도 어쩔 수 없이 군대를 파병하기로 결정했어요. 그리고 총사령관 자리에 강홍립을 앉혔지요. 강홍립은 예전에 어전 통사로 맹활약했기 때문에 명나라와 말이 안 통하는 용맹한 장수보다는 중국어를 잘하는 똑똑한 문신이 낫다고 생각했기 때문이었어요. 그리하여 조선은 임진왜란을 겪고 전 국토가 핍박한 상황에서 군대를 파병하게 되었어요.

하지만 조선 파병군은 허무하게 무너졌고 심하 전투는 싱겁게 끝나고 말았어요. 패전과 항복에 대한 소식을 들은 신하들은 강홍립을 역적으로 몰아세웠어요. 하지만 광해군은 강홍립의 가족들에 대한 처벌을 끝까지 반대했고, 강홍립을 옹호했어요. 두 사람 사이의 굳은 신의를 짐작할 수 있는 부분이지요.

오랫동안 포로 생활을 하면서 강홍립은 조국 조선을 위한 길을 찾아서 실천에 옮겼어요. 바로 조선의 스파이로 변신한 겁니다. 광해군은 강홍립에게 보내는 서찰이나 보고하는 서찰을 꼭 '언문'으로 쓰도록 지시했어요. 당시 강홍립이 보내 온 수많은 자료들을 받은 광해군은 명과 후금 사이에서 중립 외교를 펼치는 데 중요한 판단 자료로 사용했어요.

'이 이야기를 쉽고 재미있게 전하려면 어떻게 해야 할까?'

오랜 고민 끝에 저는 은산 관아에서 노비 생활을 하던 정명수와 막새를 등장시키기로 결심했어요. 정명수는 역사적 인물이고 막새는 제가 만들어 낸 상상 속 인물이에요.

'정명수는 무엇 때문에 조선에 원한을 품게 되었을까? 왜 병자호란 때 조선을 등지고 청나라 편에 서게 되었을까?'

생각하다 보니 정명수와 반대되는 인물로 임진왜란 후 부모를 모두 잃고 홀로 남은 막새가 떠올랐지요.

부모를 모두 잃고 은산 관아의 노비가 되었지만 호기심 많고 건강한 소년 막새.

어미가 노비라는 이유로 노비로 살며 조선에 대한 원한에 가득 차 복수를 꿈꾸는 소년 명수.

나라가 없어 잠시 조선에 머무르다 자신의 나라로 돌아가 여진족 장수가 된 소녀 모린.

저는 막새라는 인물을 통해 어려운 상황 속에서도 긍정적이고 밝게 생활하고 의리를 중요하게 여긴다면 좋은 결과가 있을 것이라는 희망을 주고 싶었어요.

염알이꾼이 되어 조선으로 돌아온 막새가 말합니다.

"천한 노비라고 꿈꾸지 말란 법은 없어. 내 꿈을 그깟 신분 따위로 포기하지 않을 거야. 전쟁터에서 살아남아 조선으로 돌아온 나는 최고의 염알이꾼이 될 테니까."

안선모

나는 염알이꾼입니다

초판 1쇄 찍은날 2025년 10월 20일
초판 1쇄 펴낸날 2025년 10월 27일

글 안선모
펴낸이 서경석
책임편집 김진영 | **디자인** 권서영
마케팅 서기원 | **제작·관리** 서지혜, 이문영
펴낸곳 청어람 엠앤비 | **출판등록** 2009년 4월 8일(제313-2009-68호)
주소 서울특별시 구로구 디지털로 272 한신IT타워 404호 (08389)
전화 02)6956-0531 | **팩스** 02)6956-0532
전자우편 juniorbook0@gmail.com
블로그 blog.naver.com/juniorbook
인스타그램 @chungeoram_junior

ISBN 979-11-94180-13-5 43810

ⓒ 안선모, 청어람주니어 2025

※ 본 도서는 인천광역시와 (재)인천문화재단의 후원을 받아 2025년 예술창작일반지원사업 문학 분야에 선정되어 발간되었습니다.
※ 청어람주니어는 청어람 엠앤비(도서출판 청어람)의 아동·청소년 브랜드입니다.
※ 이 책의 내용 일부 또는 전부를 재사용하려면 반드시 저작권자와 청어람주니어 양측의 동의를 얻어야 합니다.